KB175463

열일곱,
최소한의 **자존심**

정연철 소설집

열일곱, 최소한의 자존심

푸른숲주니어

너에 대한 소문

"감히 날 갖고 놀아?"

수진이가 애들이 다 보는 교실에서 악다구니를 썼다. 공개 망신을 주려고 작정을 한 것 같았다. 수진이는 외모는 좀 빠지지만 전교 1, 2등에 집안도 빵빵했다. 거기에 비례해 자존심도 하늘을 찔렀다. 차인 게 억울하고 분하겠지. 지금 남 걱정할 처지가 아닌데, 난 '감히' 수진이가 받을 이미지 타격을 염려하고 있었다.

먼저 사귀자고 한 건 수진이었다. 체육 수행 평가를 하는데 수진이가 던진 농구공이 링을 맞고 튀어 내 머리를 강타했다. 별까지 보이지는 않았지만 골은 띵했다.

"미안."

수진이는 손을 입술 언저리에 대고 어쩔 줄 몰라 했다. 귀여워 보였다.

"괜찮아. 신경 쓰지 마."

나는 살인 미소를 지으며 신사답게 응대했다.

마침내 내 차례가 되었을 때 난 화려한 기술로 자유투를 던졌다. 다섯 개, 만점.

그날 밤 수진이한테서 문자가 왔다. 한 자 한 자 고민한 흔적이 역력했다.

고마워. 넌 참 친절해. 너에 대한 소문 난 안 믿어.

경험상 '너랑 사귀고 싶어.'라는 의미를 함축하고 있는 표현이었다. 그동안 나를 마음에 두고 있었다는 뜻이기도 하다.

사귈래?

나는 단도직입적으로 물었다. 반응이 없는 거 보니 간 보고 있는 모양이었다. 나 쉬운 애 아냐, 뭐 이런 뜻.

생각해 볼게.

밀당까지? 이런 방면으론 숙맥인 줄 알았는데 제법이었다. 시간이 지나면 저절로 해결될 문제에 나는 안달하지 않았다. 수진이 말마따나 나는 친절하고, 얼굴에 '잘생김'까지 붙어 있었다.

누구는 내 눈이 우수에 차 있어 보호 본능을 자극한다고 했다. 농구할 때 슬쩍슬쩍 보이는 빨래판 복근은 남자애들도 부러워할 정도였다.

머리에 든 게 없다는 게 유일한 약점이긴 한데, 뭐 그쯤이야. 모든 게 완벽하면 너무 비인간적이잖아. 오로지 좋은 성적 받으려고 혈안이 되어 있는 좀비 같은 좀생이들이 난 부럽지 않았다. 자유롭게 사는 건 내가 선택한 삶이고, 지금 이대로에 만족했다. 수진이처럼 꽉 짜인 스케줄에 얽매여 사는 애는 나같이 길들여지지 않은 야성적 매력의 소유자가 공기 청정기 같을 거였다.

다음 날, 수진이와 나는 공식적으로 커플이 되었다. 유유상종. 이 사자성어로 그동안 내 연애사를 평가 절하했던 여자애들은 질투의 화신으로 변했다. SNS는 온갖 억측이 난무하는 말들로 뜨겁게 달구어졌다. 하지만 나도 수진이도 그따위 말 같지 않은 말에 신경 쓰는 타입이 아니었다.

그런데 수진이와 사귀기 시작한 지 단 며칠 만에 걔가 지겨워지기 시작했다. 수진이는 평강 공주 콤플렉스를 가진 애였다. 나를 바보 온달로 취급하며 자꾸 가르치려 들었다. 스케줄 표를 만들어서 주는가 하면, 빡세게 시험공부를 시키기도 했다. 억지로 따라 하면 칭찬 스티커를 붙여 주었다. 그걸로 성에 안 찼는지 패밀리 레스토랑에서 포크와 나이프 사용법까지 가르쳤다.

처음엔 신선했는데 날이 갈수록 쪽팔리고 괴로웠다. 만날 이유가 사라진 거였다. 누군가 그랬다. 잘 만나는 것보다 잘 헤어지는 게 중요하다고. 마음이 떠났으면 최대한 빨리 깔끔하게 정리하는 게 상대에 대한 배려이자 내 연애 철칙이었다.

사귄 지 일주일째 되는 날 밤, 카톡으로 일방적 통보성 문자메시지를 날렸다. 미련 갖지 못하게 세게 나갔다.

질려. 쫑내.

문자 메시지는 참 편리하다. 면 대 면으로 이런 낯간지럽고 불편한 말을 어떻게 하나. 하지만 새벽이 되도록 수진이는 문자 메시지 확인을 안 했다. 아마 시험 기간이라 그럴 거였다. 전화도 하지 말라고 엄포를 놓았을 정도였으니. 걔는 그런 애였다. 성적의 노예, 하수인. 내가 제일 한심하게 보는 부류.

다음 날, 그러니까 오늘 좀 전에, 수진이는 나를 보자마자 다짜고짜 따귀부터 올렸다.

"감히 날 갖고 놀아?"

'감히'라는 말은 상대방을 배려하는 말이 아니었다. 수진이와 나는 상하가 아닌 동등한 관계였다.

"거지 같은 새끼. 적어도 난 진심이었어."

수진이는 공부할 시간도 없다더니 드라마를 꽤 본 모양이었다. 누가 보면 혼인 빙자 간음이라도 한 줄 알겠다. 나도 진심이었어, 라는 말이 왠지 비겁해 보여 침묵으로 일관했다.

시험공부에 열을 올리던 애들은 모두 아연실색한 표정이었다. 이럴 땐 그냥 맞아 줘야 한다. 적반하장 격으로 나가면 관계가 복잡하고 추해진다.

"그럼 된 거지?"

나는 바지 주머니에 손을 넣은 채 피식 웃어 주었다. 수진이의 눈이 이글이글 불타올랐다.

"먼저 실례. 시험 잘 쳐라."

나는 고개를 획 돌리며 앞머리를 정리한 뒤 교실 문을 박차고 나왔다. 시험 잘 치라는 말은 진심이었다.

"영화 찍냐?"

건희가 따라 나오면서 연신 쪼개며 지껄였다. 컷! 여기까지.

수진이의 손은 생각보다 매웠다. 나는 손바닥으로 뺨을 감쌌다. 후끈후끈했다. 그렇게 수진이와는 끝났다. 잘된 거다. 같은 반이라 불편하냐고? 그 정도로 불편하다면 난 진작 전학을 가고도 남았어야 할 몸이다. 우리 학교 여자애만 해도 사귀었다 헤어진 게 손가락과 발가락을 총동원해도 모자랄 정도니까.

졸다가, 마킹하다가, 침 흘리다 보니, 중간고사가 끝났다. 변수가 있었지만 뭐 거지 같은 시험이 끝났다는 게 중요한 거니까. 애들은 대체로 나를 골 빈 놈으로 치부했다. 골이, 사는 데 별 지장 없는 지식들로 꽉 차 있는 것보다 어느 정도 비어 있는 게 낫지 않을까? 그 빈 공간에 사는 데 꼭 필요한, 이를테면 파란 하늘, 붉은 노을, 새털구름, 안개 낀 아침, 보슬비, 드넓은 바다, 단풍 든 나무, 낙엽 떨어진 거리 등등을 채워 넣는 게 훨씬 가치 있는 일 아닌가?

"김태용! 오늘 뒷정리, 문단속. 오케이?"

종례 시간에 담임 선생님이 짜증 섞인 말투로 명령했다. 나는 고개를 끄덕였다.

"시건방지게 고개만 까딱하지 말고!"

담임 선생님은 별일 아닌 일에 열을 올렸다. 하지만 난 담임 선생님 기분을 맞춰 주는 게 상책이라고 판단했다.

"넵!"

목소리에 너무 힘이 넘쳤는지, 담임 선생님은 지금 반항하느냐고 눈을 부라렸다. 나는 아니라고, 오해하신 거라고, 죄송하다고, 급히 사과했다. 담임 선생님은 헛기침을 하고 교실을 나갔다.

시험 끝난 교실 분위기는 파장 무렵의 재래시장 같았다. 시험지 몇 장이 배춧잎처럼 찢기고 구겨져 널브러져 있었다. 엄마가 집 나가고 난 뒤 거실 꼬락서니가 이랬다. 나는 시험지를 구겨 쓰레기통에 처박았다. 그러자 물 위에 떨어진 먹물처럼 번지려던 우울함이 슬그머니 꼬리를 감추었다.

"버섯! 쌩까지 말고 좀 도우지."

난 나랑 같이 가려고 기다리면서 카톡 삼매경에 빠져 있는 양송이한테 툭 던지듯 말했다. 양송이는 유치원 때부터 단짝으로, 그냥 여자 사람이었다. 우린 초등학교 5학년 때 사귀었다. 그리고 난 백 일을 챙기지 못했다는 이유로 까였다. 엄마한테 차이고 양송이한테까지 차이자, 불쑥 겁이 났다. 그때부터 여자 친구랑 이상한 기류가 흐르기 시작하면, 먼저 차이는 게 겁나서 내가 먼저 차는 쪽을 택했다. 현명한 방법이었다.

"그렇게 부르지 말랬지!"

양송이가 내 정강이를 걷어차며 일어섰다. 양송이는 '버섯'이라고 부르면 "벗어!"라고 말하는 것처럼 들려 기분이 더럽다고 그 별명을 질색했다. 개명도 심각하게 고려하고 있었다.

양송이가 창문을 잠갔다. 나는 커튼을 쳤다. 일기 예보에 없던 비가 왔다. 가을비였다. 비가 오면 비가 오는 대로 좋았다. 운동장 쪽을 보니 남자애들이 그 와중에도 게임방비 내기 축구를 하려고 준비 중이었다.

"가자!"

"도대체 몇 번째냐, 이 양심 없는 인간아. 희대의 카사노바 같으니."

양송이가 내 뒤통수를 세게 치며 힐난조로 말했다. 그러고는 카톡 창을 보여 주었다. '잘난 척', '재수 없는' 같은 수식어와 '토나온다'는 서술어가 도배되어 있었다. 내 이야기였다. 비난의 수위가 거의 사회적으로 물의를 일으킨 연예인을 방불케 했다.

"안 세어 봐서 몰라."

"여자가 한을 품으면 알지?"

"내 꿈 알잖아."

"뭐?《구운몽》의 성진? 아니, 백제 의자왕? 미친. 언젠가 큰코 다친다."

중앙 현관을 나서자 운동장 쪽에서 건희가 몸을 풀며 이따가 전화하라고 손짓했다. 나는 손가락으로 동그라미를 만들어 주었지만, 연락을 할지는 모르겠다.

"프로이트의 정신 분석학에 따르면……."

계단을 내려가며 양송이는 계속 떠들었다. 고리타분한 이야기가 시작될 조짐이지만 나는 그냥 들어 주었다. 양송이의 잔소리는 마음을 편안하게 하는 신통방통한 효과가 있었다. 나는 적막한 공기를 혐오했다.

"심리 성적 발달 단계라는 게 있는데, 출생부터 열두 살까지를 구강기, 항문기, 남근기, 잠복기, 생식기로 나눠. 구강기 때는 성적 에너지가 입에 있기 때문에 주로 빨고, 깨물고, 삼키는 동안 성적 쾌락이나 만족감을 느낀다는 식. 근데 그 욕구가 충족되지 않으면 나중에 손가락 빨기나 과식, 과음 같은 증상이 보인대. 나, 손톱 물어뜯는 거하고, 스트레스 받으면 폭식하는 거, 그때 욕구 불만 때문인지도 몰라. 신기하지 않냐? 딱 맞아떨어지잖아.

그 할아버지에 따르면 넌 남근기에 해당돼."

양송이는 장황한 설명 뒤에 나를 물고 늘어졌다.

"남근?"

내가 되묻자 양송이가 내 아랫도리 쪽으로 시선을 고정했다.

"얘가, 얘가, 아주 못 하는 말이 없어요."

나는 손으로 양송이의 턱을 정중하게 돌려놓았다. 오늘부로 양송이의 친구 신분을 '여자 사람'에서 '불알친구'로 승격시켜야 되겠다.

"너, 얼굴 빨개졌어."

"미쳤냐?"

"닥치고 들어 봐. 남근기 때는 성적 에너지가 생식기로 향해지는데, 자신의 성기를 만짐으로써 쾌락을 느낀다는 거야. 만약 욕구가 충족되지 못하면?"

"못하면?"

나는 단지 궁금해서 물어봤다.

"너처럼 된다는 거지. 경솔해지고, 과시적이고, 공격적이고 기타 등등. 무엇보다 넌 한 여자한테 몰빵이 안 되잖아. 허세 쩔고, 성에 안 차면 헐크로 변하기도 하지? 아주 심각한 장애야. 잘 생각해 봐. 어릴 때 너, 성기……."

"뭐? 경솔? 과시? 공격? 허세? 헐크? 장애? 얘가 생사람 잡네."

나는 양송이의 말을 잘랐지만 켕기는 구석이 없지 않았다.

"미친 영감탱이의 뻘짓이라고 생각함."

"아님 애정 결핍……."

"일절만 하시지. 네가 내 마누라냐?"

내가 헐크로 변할 조짐이 보였는지 양송이가 입을 닫았다.

우산 대용으로 나는 시험지를, 양송이는 클리어파일을 쓰다가 버렸다. 거추장스러운 게 사라지니 훨씬 나았다. 갑자기 양송이가 앞을 보라고 고갯짓을 했다. 저 앞에 유독 혼자만 우산을 쓰고 가는 애가 있으니, 바로 몬스터. 노란 우산은 거대한 은행잎 같았다. 역시 기대를 저버리지 않는 몬스터.

"가을비 은근 운치 있다. 이슬비 내리는 이른 아침에 우산 셋이 나란히 걸어갑니다. 빨간 우산 노란 우산 찢어진 우산……."

양송이는 동요를 부르더니, 영화 속 여주인공이나 된 양 양팔을 벌리고 머리를 뒤로 젖히고 빙그르르 돌았다. 애들이 힐끔힐끔 보았다. 광년 소리를 듣거나 말거나 난 내버려 뒀다.

우린 말없이 걸었다. 말이 없어도 어색하지 않은 친구는 양송이가 유일했다. 아니 이건 극비인데, 솔직히 난 겉보기엔 친구가 많아 보이지만, 그뿐이다. 맨날 붙어 다니는 건희는 나라는 사람 자체보다 내 화려한 연애 이력에 관심이 더 많았다. 어떨 땐 여친과 진도를 어디까지 나갔는지만 집요하게 캐물었다. 난 그런 녀석한테 속마음을 털어놓을 정도로 멍청이는 아니었다.

"참, 어떡하냐?"

"뭘?"

"오늘 휴대폰."

"그게 뭐?"

오늘 시험 중에 내 휴대폰에서 알람이 울렸다. 담임 선생님은 휴대폰 소지 자체가 부정행위라고 누누이 강조했지만, 나는 말귀를 알아먹지 않았다. 무음으로 해 놓거나 전원만 꺼 놓으면 들킬 리 없다고 판단했다. 그런데 시험 중에 알람이 울린 거다. 일대 소동이 일어났다.

"노답이다."

"유심칩 몰래 빼고 줌."

"우쭈쭈, 장해요, 장해."

양송이가 내 엉덩이를 가볍게 톡톡 치며 어린애 취급했지만 나는 늘 그렇듯 당하고만 있었다. 기분이 나쁘지 않았다.

해당 시험은 당연히 영점 처리가 될 거지만, 그게 뭐? 상관없었다. 결과적으로 담임 선생님을 열 받게 했지만, 부모님은 그냥 넘어갈 거다. 부모님은 시험 기간인 것도, 오늘 시험이 끝났다는 것도 몰랐다. 서운하냐고? 천만의 말씀. 고마울 따름.

나는 법적 보호자인 부모님한테 큰 불만이 없었다. 기대 같은 것도 없었다. 난 성인이 되면 바로 독립할 거다. 친엄마는 내가 다섯 살 때 사랑하는 사람이 생겼다며 떠났다. 사랑하는 사람이 생기면 언제든 주변을 정리하고 떠나는 것. 참 바람직했다. 버림받은 주변 사람들은 어떻게든 살아가겠지. 아마 엄마는 그렇게 생각했을 거다. 그리고 그 말은 어느 정도 타당했다. 난 어떻게든 살아가고 있으니까. 그 '어떻게든'의 내용에 문제의 소지가 많긴 하지만.

이듬해 새엄마가 엄마 노릇을 했다. 새엄마는 텔레비전에 나오는 아동 청소년 상담가처럼 나를 다루었다. 내 의견을 존중해주었고, 수없이 많은 사고를 쳤지만 나의 행동을 이해하려 노력했다. 그런 의미에서 나는 새엄마를 존경했다. 그 이상은 자신할 수 없었다.

"내 인생이니까 간섭 마요."

초등학교 졸업식 날, 소위 대가리에 피도 안 마른 나한테 그따위 말을 듣고 아빠는 노발대발했다. 내 입장에선 아빠가 그런 말 들어도 쌌다. 공부에 흥미를 잃은 나한테 학원을 세 군데나 다니라니.

"네까짓 게 뭘 어떻게?"

"아, 그냥 뭐든."

나는 자리를 박차고 나갔고, 밤늦게 집에 돌아왔을 때 아빠는 새엄마의 설교에 넘어간 상태였다.

"두 손 두 발 다 들었다."

듣던 중 반가운 소리였다.

"단, 사고 치면 책임도 네 몫이다. 명심해."

아빠가 단서를 달았다.

그건 일종의 협박이었지만, 난 적극 수용했다. 아빠는 주도면밀하게 각서를 요구했고, 난 그까짓 것 백 장이라도 써 주겠다고 호언장담했다. 지장을 꾹 누를 땐 기분이 묘했다.

엄마 아빠가 이혼 도장을 찍었을 때도 이런 기분이었을까. 문제가 너무 쉽게 해결돼서 잠시 멍했다가, 잠시 서운했다가, 내 방에 들어와서는 허파에 바람이 든 것처럼 웃어젖혔다. 친구들에게 그 소식을 알렸고, 친구들은 다 부러워했지만, 난 생각보다 기분이 별로였다. 그날 이후 나는 막 살았고, 엄청 만족스러운 척하느라 그게 스트레스가 되기도 했다.

어느새 비에 맞은 교복이 축축하게 젖었다. 나는 양송이의 귀에 꽂힌 이어폰 하나를 빼고 말했다.

"잘 가라, 불알친구."

양송이는 가운뎃손가락을 치켜들고 뒤도 돌아보지 않고 제 갈 길을 갔다.

갑자기 피곤이 몰려왔다. 일단 자고 싶었다. 머리가 핑핑 돌았다. 담벼락에 노란 소국이 탐스럽게 피어 있었다. 향기는 짙고 나는 문득 쓸쓸했다.

집 근처 공원 입구 쪽에서 몬스터가 서성대고 있는 모습이 눈에 띄었다. 거대한 은행잎 우산을 들고 서 있는 몬스터.

몬스터도 여자 사람이었다. 아니 괴물이었다. 몬스터에 대해
서는 별로 할 말이 없었다. 왕따, 존재감 제로, 둥글넓적한 얼굴,
검정 뿔테 안경, 두툼한 입술, 어설픈 복고풍 단발머리, 이마를
덮은 답답한 앞머리, 무릎까지 내려오는 교복 치마, 떡 벌어진
어깨, 풍만한 가슴, 우리 집에서 몬스터 집까지 도보로 십여 분,
뭐 이런 것들이 떠올랐다. 순간 내가 몬스터에 대해 너무 많은
걸 아는 것 같아 소름이 끼쳤다. 더 이상 생각 안 하려고 하는데
또 하나가 떠올랐다. 언제부터인가 몬스터가 사는 집 대문에 붙
어 있는 종이.

전세 있음!
방2 거실1 주방1
전세금 합의 후 결정
연락처 010-XXXX-XXXX

종이에 적혀 있는 내용까지 완벽하게 기억해 내는 내 머리가
무서웠다. 난 정말 몬스터한테 아무 관심 없는데. 이런 생각하는
자체가 웃긴데. 나뿐 아니라 아무도 몬스터한테 말을 걸지 않았
다. 몬스터의 입도 자신의 몸무게만큼이나 무거웠다. 이름이 박
에스더? 애들은 편의상 별명을 불렀다. 에스더, 몬스더, 몬스터,
별명의 변화 양상을 말하자면 그랬다.

몬스터는 쉬는 시간마다 신문을 보았다. 스포츠 신문이 아니라 중앙 일간지. 우리가 흔히 보는 연예 방송 면이나 가십난이 아니라 사설, 국제, 정치, 사회……. 그러니 괴물이라는 소리를 듣는 거다. 그러면 튄다는 걸 알 텐데 아랑곳하지 않았다. 그 일관성만은 존경받아 마땅했다. 그런데 설마 저걸 읽고 이해하는 건 아니겠지. 아니, 이해하는 것도 같았다.

몬스터와는 작년에도 같은 반이었다. 평소에 입이 붙었나 싶을 정도로 말이 없던 애가 사회 시간에 선생님을 노골적으로 공격한 일이 있었다. 월요일이었을 거다. 수업 시작에 앞서 사회 선생님은 주말 잘 보냈냐고 의례적인 인사를 했고, 수업에 참여하는 몇몇 애들만 "그냥 잤어요.", "학원 갔어요.", "게임했어요." 등등의 일상적인 말을 했다. 신혼의 단꿈에 젖어 있던 사회 선생님은 "나는 어땠는지 안 물어보니?" 하고 물었고, 애들은 예의상 "어땠는데요?" 하고 물어봐 주었다.

"혹시 드림 타워 가 봤니? 너무 잘 지었더라. 어제 신랑이랑 구경 갔다 왔거든. 스카이라운지에 있는 레스토랑에서 모처럼 스테이크 썰었는데 맛이 끝내줘. 한강이 한눈에 보이는 게 경치도 좋고. 꼭 외국에 온 기분이었어."

사회 선생님의 표정에는 '나 행복해.'라고 씌어 있었다. 몬스터가 벌떡 일어선 건 그때였다.

"에스더, 무슨 문제 있니?"

"방금 하신 말씀 취소해 주세요."

"응?"

수업에 관심 없던 아이들도 둘의 대화에 집중하기 시작했다.

"선생님, 혹시 드림 타워 들어선 자리가 예전에 쪽방촌이었다는 거 아세요? 억울하게 쫓겨나게 된 주민들이 재개발 현장 앞에서 주거권과 생존권 보상을 놓고 천막 농성까지 벌였잖아요. 거의 백 일 동안. 건설업자들이 용역 깡패 불러서 사람들 강제로 해산시키는 통에 싸우다가 다치고 피 터지고 난리도 아니었어요. 철거민 대표는 분신자살까지 기도했고요. 기억 안 나세요? 텔레비전 뉴스에도 나왔는데. 아직도 법정 투쟁 중인 걸로 알고 있어요. 철거민들 대부분은 또 다른 쪽방촌으로 들어갔대요. 그들의 삶과 꿈을 짓밟아 놓고 타워 이름이 헐, '드림'이래요. 너무 아이러니하지 않아요? 그런데 선생님은 드림 타워 너무 잘 지었다고요? 어떻게 그리 쉽게 말씀하실 수 있나요? 선생님이 늘 강조하셨잖아요. 더불어 사는 사회라고. 그런데 왜 고통받는 사람들 입장은 생각 안 하시는 거죠?"

몬스터의 말은 유창했고 발음 또한 정확했다. 사회 선생님은 얼굴이 벌겋게 달아올랐다. 나는 그딴 건 생각해 본 적이 없었기 때문에 무슨 소리인지 도무지 알 도리가 없었다. 그런데 애들이 우레와 같은 함성을 지르고 박수를 쳐 댔다. 그게 야유인지 환호인지도 모르고 나 역시 적극 동참했다. 그 일은 사회 선생님이

"진도가 바쁘니까 다음에 또 이야기하자." 하는 말로 흐지부지 끝났다. 그날 SNS에는 몬스터에 대한 온갖 해괴망측한 설전이 오갔다.

그 여자 괴물, 몬스터가 내 눈앞에 있었다. 몬스터는 천천히 고개를 들더니 나를 한심하다는 듯이 쳐다보았다. 뭘 봐?

문을 쾅 닫고 집에 들어오자마자 냉장고를 뒤져 배를 채우고, 벌러덩 침대에 누웠다. 새엄마랑 아빠는 점심 먹고 나갔다가 새 벽에 돌아왔다. 구체적으로 무슨 일을 하는지도 몰랐다. 돈은 꽤 버는 모양이었다. 덕분에 용돈은 두둑하니 나쁠 건 없었다. 무엇 보다 마주칠 일이 없어 아주 편하고 좋았다.

난 휴대폰 공기계에 오늘 몰래 빼 온 유심칩을 넣었다. 얼마 뒤, 남자애들만 따로 노는 단톡방에 들어갔다. 혼자 노란 우산을 쓰고 가는 여학생의 뒷모습이 떠 있었다. 딱 봐도 몬스터였다. 우산이 아니더라도 여태 무릎 아래까지 내려가는 교복 치마를 입는 애는 전교생을 통틀어 몬스터밖에 없었다. 비 오는 날 우산 쓰고 가는 건 지극히 정상적이지만, 저 사진 속 혼자만 우산 쓰고 가는 몬스터는 비정상적으로 보였고, 그래서 오늘의 사냥감 이었다. 세상 이치가 그렇다. 순식간에 댓글이 줄줄이 달렸다.

충격 속보! 몬스터, 엄친아.

뭠미?

아빠 변호사, 엄마 재벌.

재벌?

개소리 집어쳐.

알고 보니 엄마가 DP그룹 회장 막내딸. 더 충격! 이혼.ㅋ

깜놀!

허걱!

혹시 증권가 찌라시?

??

몬스터한테 사귀자고 해 봐.ㅋ

태용이가 꼬시면 넘어온다에, 오른쪽 불알 건다~.

ㅇㅇ

몬스터 은근 매력 있음.

아몰랑, 심쿵!ㅋㅋ

가슴 C컵.

아니, D.

XXL.ㅎㅎ

노노, 프리사이즈.ㅎㅎ

    댓글에서 시궁창 냄새가 나기 시작했다. 나는 단톡방에서 빠져나왔다. 애들은 주로 야동 감상평이나 여자애들 별점 평가나 남 험담으로 단톡방을 도배했다. 오늘은 몬스터가 단연 화제였다. 눈이 저절로 감겼다. 그러다가 문득 생각이 나, 건희한테 카톡 문자 메시지를 넣었다.

> 이따가 저녁에 뭐 함?
> **수영장 고고!**
> 수영, 할 만?
> **볼 만한 건 졸 많음.**
> 난 잠 좀 자고, 즐~.

나는 건희가 열렬하게 사랑하는, 요즘 가장 핫한 걸그룹 멤버 중 글래머로 소문난 소소가 비키니 수영복 입은 사진을 보냈다.

> 선물.ㅋ

카톡 메시지 확인은 했는데 답이 없었다.

> 어때? 맘에 들어?
> **???**
> 꼴리지?
> **미친.**

이 돼먹지 못한 반응은 뭐지? 나는 카톡 창을 자세히 들여다 보았다.

오, 마이 갓!

몬스터 카톡으로 저질 사진을 보내다니, 미친 거 인정. 난 당장 채팅방에서 빠져나왔다. 텔레비전 소리도, 음악 소리도, 빗소리 도 오늘은 자장가가 되지 못했다. 어떻게 하다가 몬스터가 내 카 톡 친구로 뜨게 됐는지, 왜 미리 차단하지 않았는지, 아무리 생각 해도 귀신이 곡할 아이러니였다. 어쩌다 보니 새벽 한 시경에 잠 이 왔고, 내리 아홉 시간을 잤다. 새엄마와 아빠는 내 사생활에 일절 간섭하려 들지 않았고, 덕분에 무단 지각을 했다. 양송이와 건희한테서 부재중 전화가 총 열두 통이 와 있었다. 죽었다.

집을 나섰다. 비는 그치고 세상은 촉촉하게 젖어 있었다. 간밤 에 떨어진 은행잎이 보도블록을 노랗게 물들였다. 아침 햇살이 은행잎에 보석을 뿌린 듯 반짝반짝 빛났다. 무거운 몸에 비해 마 음은 가벼웠다. 나는 그 풍경을 폰 사진첩에 담았다. 이럴 정신 이 있다는 게 신기할 따름이었다.

교무실에 먼저 들어가 잘못했다고 죽는 시늉을 하자, 담임 선 생님은 내 소중한 구레나룻을 세게 당기고는 기꺼이 용서해 주 었다. 교실에 앉아 카톡 메인 사진에 은행잎 길 사진을 올리고 상태 메시지를 적으려고 할 때였다. 뚜벅뚜벅 발걸음 소리가 들 리더니 무릎 아래로 내려오는 치마가 내 앞에 섰다. 나는 그때까지 어제 있었던 일을 까맣게 잊고 있었기 때문에 몬스터가 내 앞에 온 이유를 몰랐다.

"뭐냐?"

"변태 자식."

저음이었지만 하필이면 그때 교실은 고요했다. 애들이 힐끔힐끔 우리 쪽을 봤다.

"미쳤냐?"

꺼져! 하고 말하려는 찰나, 허걱! 어제 비키니 수영복 사진이 떠올랐다.

"그거? 아, 실수야. 너한테 보낸 게 아니었다고. 지워라."

나는 태연자약한 태도로 간지나게 말했다.

"고발할 거야, 성추행으로."

"뭐래? 뭐 잘못 먹었냐?"

"각오하는 게 좋을걸."

"맘대로."

난 그때까지만 해도 사태의 심각성을 알지 못했다. 평소와 다름없이 양송이와 시답잖은 말로 농담 따먹기를 하고 건희와 화장실을 다녀오고 책상 위에 붙은 급식 메뉴를 확인했다.

4교시 때 담임 선생님이 나를 교무실로 호출했다. 다들 쉬쉬하는 분위기에, 선생님들 눈빛은 하나같이 이상야릇했다.

"가지가지 한다. 꿇어 앉아, 인마."

담임 선생님은 무턱대고 꿀밤을 먹였다. 더럽게 아파서 나는 도발하고 말았다.

"싫어요."

"싫어? 싫어? 연속 이틀 사고쳐 놓고, 싫어?"

담임 선생님이 나를 완력으로 꿇어앉혔다. 맨날 천날 근육 자랑하더니 힘이 장사였다.

"아, 네. 이쪽으로."

담임 선생님이 방금 교무실로 들어온 어떤 아저씨에게 알은체를 했다. 담임 선생님과 아저씨는 악수를 했고, 아저씨는 담임 선생님에게 명함을 내밀었다.

"진작 한 번 찾아뵙는다는 게."

"아닙니다. 바쁘신 줄 아는데요, 뭘. 저, 자세한 이야기는 저쪽 상담실에서."

담임 선생님은 나한테 반성문을 쓰라고 A4용지 한 장을 주고 아저씨와 함께 사라졌다. 책상 위에 놓인 명함을 힐끔 보니 '인권 변호사 박준범'이라고 쓰여 있었다. 혹시 몬스터 아빠? 헐!

나는 반성문의 달인답지 않게 무엇을 어디서부터 어떻게 시작해야 할지 몰라 난감해하다가, 담임 선생님의 불편한 심기를 달랠 말들을 주절주절 늘어놓기 시작했다. 내가 비정상이다, 미성숙하다, 정신 상태가 썩어 빠졌다, 잠시 미쳤었다, 나도 대체 내가 왜 이러는지 모르겠다, 등등의 자학성 발언을 장황하게 늘어놓다가, 어떤 벌이라도 달게 받겠다, 앞으로는 결단코 학급의 면학 분위기에 누가 되는 짓거리를 하지 않겠다, 또다시 그런 실수를 범했을 때는 선생님의 개가 되었다, 등등의 충성용 멘트로 마무리지었다.

십여 분이 지난 뒤, 담임 선생님은 아저씨를 보내고 다시 자기 자리로 왔다.

"어떻게 할래?"

"뭘요?"

"몰라서 물어? 에스더. 비키니 사진. 이런 종류의 일은 애초에 싹을 잘라야 된다는 게 에스더 아버님의 지론이더라. 강경 대응하려나 봐. 각오하는 게 좋을 거야. 반성문은?"

나는 잠시 비틀거리며 반성문을 내밀었다. 청천벽력이었다. 그제야 나는 사태의 심각성을 깨닫기 시작했다. 아빠한테 알리면 각서를 들먹이며 마치 소 닭 보듯 할 게 뻔했다. 더럽고 치사해서 책임지고 싶지만 과연 내 힘만으로 가능할까? 만약 책임을 못 지면 그동안 누렸던 달콤한 자유를 박탈당할지도 몰랐다. 그건 나를 호적에서 파는 것보다 가혹한 처사였다. 몬스터한테 의도가 없었다, 실수였다, 그렇게 말하면 콧방귀만 뀌겠지. 제발 믿어 달라, 내가 그런 쓰레기인지 반 애들한테 물어봐라, 그렇게 말하면 내 팔을 들어줄 애들은? 그동안 사귄 여자애만 해도 한 트럭인데? 인생 헛살았다. 눈앞이 깜깜 절벽이었다.

충격! ○○중학교 3학년 김 모 학생(16세) 사이버 성추행!

아, 상상만으로도 끔찍했다.

"잘못했어요. 도와주세요."

"뭘 어떻게? 증거 자료가 명명백백하던데. 캡처해 놨더라. 몸매 죽이던데. 게다가 네가 한 너저분한 말, 기억나지?"

기억났다. 나는 불에 덴 듯 얼굴이 화끈거렸다.

"소소가 삼촌 팬이 얼마나 많은데. 너, 잘못하다가 사이버 테러당할 수도 있다."

과학 선생님이 껄껄대며 지나가다 내 머리를 꽝 쥐어박았다.

"태용이, 아주 젠틀한 줄 알았더니."

영어 선생님이 고개를 잘래잘래 흔들며 교무실을 나갔다. 아, 개망신.

"고발장이 접수되면 학교 명예를 실추시킨 죄로 최소한 전학은 생각해야 되지 않을까. 한 가지 팁을 주자면, 이런 경우는 합의가 최선인 듯. 에스더를 잘 구워삶아 봐. 애가 워낙 심지가 굳어서 쉽진 않겠지만."

일이 일파만파로 커지고 있었다. 그런데 담임 선생님의 태도가 너무 느긋한 게 기분 나빴다.

"뻥치지 마요."

태연한 척 말은 그렇게 했지만, 나는 똥 마려운 강아지마냥 안

절부절못했다.

"그런데 말이야, 이번 딱 한 번만⋯⋯."

"알았어요, 알았어. 내가 해결하면 되잖아요."

나는 담임 선생님의 말허리를 자르고 교무실을 벗어났다. 그러고는 한달음에 교실로 달려갔다. 술렁거리던 교실은 아까보다 더 술렁거렸다.

"축하, 한 건 한 거."

역시 건희였다. 친구의 불행을 인생의 낙으로 생각하는. 나도 그랬으니 뭐 할 말은 없었다.

"꺼져."

"김태용이 아니고, 변태용 해라. 변태~용, 용용 죽겠지?"

남자애들이 낄낄대며 미쳐 날뛰고 있었다. 수진이는 나를 향해 경멸 어린 눈빛을 마구 퍼부었다. 나는 여자애들의 공분을 샀고, 그건 수진이의 공이 지대해 보였다.

영어 선생님이 교실에 들어와 중간고사 정답 정오표를 게시판에 붙이고 나갔다. 애들은 아이스크림이 배달된 듯 벌떼처럼 몰려들어 성적을 확인하기 바빴다. 나는 맨 뒤에 서서 까치발을 한 채 몬스터의 뒤통수에 눈길을 박았다. 그러다가 점수를 보니 100점. 수진이가 애들을 밀치며 나오다가 고의인지 실수인지 몬스터의 어깨를 툭 쳤다. 수진이는 97점.

"축하해, 역시."

나는 어정쩡하게 서서 몬스터를 향해 박수를 쳤다. 안 봐도 꼴이 병신 같을 거였다. 수진이가 콧방귀를 뀌고는 찬바람을 일으키며 사라졌다. 뒤끝 작렬이었다. 내가 한눈파는 사이 몬스터도 사라졌다. 나는 한껏 의기소침해져서 몬스터한테 카톡을 날렸다.

할 말 있음. 수업 마치고 등나무 밑에서 잠깐.

할 말 없음. 법정에서 보시지.

순간 열불이 확 뻗쳤다. 설마 실수 한 번에 같은 반 친구를 법정에 세우려는 건 아니겠지. 왜 갑자기 설마가 사람 잡는다는 속담이 번뜩 떠오르는지 모르겠다.

내가 아는 몬스터는 원리 원칙주의자다. 교칙이나 학급 규칙을 철저하게 지켰다. 교복 치마만 봐도 말 다 한 거다. 남의 눈치도 안 봤다. 그 남이 학교라는 골리앗일지라도 할 말은 한다주의. 학기 초 몬스터는 전교 학생 회장 선거 후보로 나왔다. 모두가 예상치 못한 일이라 반응은 뜨거웠다. 강당에서 후보자 연설을 했을 때, 몬스터를 알고 있는 애들은 떡 벌어진 입을 다물지 못했다.

"안녕하십니까? 저는 이번 전교 학생 회장 선거에 후보자로 나온 기호 2번 박에스더입니다."

몬스터의 표정은 사뭇 진지했으나 시시때때로 질러 대는 아이들의 함성에 연설이 묻히곤 했다. 하지만 몬스터는 초지일관 꿋꿋한 자세로 임했다.

"마지막으로 한마디만 더 하겠습니다. 학교는 왕따, 폭행, 쓰레기 무단 투척, 흡연, 새치기, 금품 갈취 등 교내에서 일어나는 여러 문제들을 척결하기 위해 파파라치 제도를 적극 도입했습니다. 교칙에 위배되는 일을 하는 학생을 증거 자료와 함께 비밀리에 신고하면, 신고당한 학생은 벌점을, 신고한 학생은 상점을 부여하는 것이지요. 하지만 이건 학생들의 사생활을 침해하는 것은 물론이고 학생들의 인권을 무시하는 처사입니다. 학생이 학생을 감시하고 서로를 고발하게 만드는 비인간적인 제도입니다. 저는 이 제도를 반드시 없애 버리겠습니다."

그러면서 몬스터는 준비해 온 풍선을 뺑 터뜨렸다. 애들이 내지르는 함성에는 야유와 환호가 반반 섞여 있었다. 몬스터는 쉬운 말을 어렵게 하는 나쁜 습관이 있는 것 같았지만, 버벅대거나 지키지도 못할 환심성 공약을 남발하는 다른 후보자들에 비해 단연 돋보였다. 순간 눈에 뭐가 씌었는지 몬스터가 잔 다르크 같은 여전사로 보였다. 하지만 이변은 없었다. 전교생 천이백여 명 중 몬스터의 득표수는 21표. 그날 이후 다시 몬스터는 예전의 모습으로 돌아갔다. 말수 없고 애들이 아무리 씹고 놀려도 무표정하게 자기 할 일 하는 당당한 괴물로.

방과 후, 등나무 아래로 갔다. 몬스터가 먼저 와 있었다.

"미안. 많이 늦었지?"

"내가 일찍 온 거야. 용건만 말해."

릴렉스, 릴렉스. 아, 젠장. 내 신세가 이렇게 처량할 수가.

"있잖아. 그 사진 진짜 실수로 보낸 거야. 건희 자식한테 보낸
건데, 어제 피곤해서 졸다가 비몽사몽간에. 미안하게 됐다. 진심
사과할게."

"앞뒤 사정 따윈 안 궁금해. 결과적으로 내가 그 사진과 입에
담기도 싫은 엿 같은 문자를 두 눈으로 똑똑히 봤어."

"내가 어떻게 하면 되겠냐?"

"필요 없어. 죄를 지었으면 벌을 받아야지. 법치 국가니까."

속이 부글부글 끓었지만 나는 더 비굴 모드로 나가야 한다는
사실을 너무도 잘 알았다.

"제발, 한 번만 봐주라."

어디선가 킥킥대는 소리가 들렸다. 소리의 진원지를 찾다가
멀리서 건희가 도촬을 감행하고 있는 모습이 눈에 들어왔다. 나
는 손에 잡히는 돌멩이를 던지며 발악하듯 외쳤다.

"개새끼, 잡히면 뒈진다."

건희는 낄낄대며 도망치는 시늉만 냈다.

몬스터는 팔짱을 낀 채 도도하게 먼산바라기를 하고 있었다.
나는 흥분을 가라앉히고 주위를 샅샅이 살폈다. 안심해도 될 것
같았다.

"무릎 꿇을까?"

나는 무릎을 꿇었다. 그리고 몬스터에게 얻은 답은,

"생각해 볼게."

수진이가 찍어 보냈던 달콤한 문자 '생각해 볼게.'와 천양지차였다.

자존심이 산산조각 난 나는 절망의 한숨을 토했다. 몬스터는 팔짱을 풀지 않은 채 도도하게 사라졌다. 곧 요란하게 카톡 메시지가 왔다. 어느새 나는 단톡방에 초대되어 있었고, 거기에는 내가 몬스터 앞에 무릎 꿇고 있는 굴욕 사진이 떡하니 떠 있었다. 살맛이 안 났다. 바야흐로 김태용 흑역사의 도래였다.

나는 또다시 단톡방에서 빠져나왔다. 그랬더니 바로 문자 메시지가 왔다.

기념으로 남겨 둬.

건희 또라이 새끼. 바로 문자 메시지 삭제. 삭제하시겠습니까? 귀찮게 뭘 물어? 당근! 아, 멘붕 직전이었다.

내일 7시 30분까지 공원 앞으로 와.

몬스터가 보낸 문자 메시지였다. 희망이 보였다.

ㅇㅋ♡

나는 그렇게 문자 메시지를 찍어 보내고 난 다음에, 벽에 머리를 쾅쾅 박았다. 하트를 도대체 왜! 왜! 왜! 손가락을 자르고 싶은 심정이었다.

나는 한숨만 쉬다가 밤늦게 겨우 눈을 붙였다. 그리고 아침, 알람 소리에 깜짝 놀라 잠에서 깨어났다. 간밤의 어지러웠던 꿈을 흘어 버리며 씻는 둥 마는 둥, 밥을 먹는 둥 마는 둥 하고 서둘러 집을 벗어났다. 그러고는 헐레벌떡 공원 입구로 달려갔다.
"일 분 늦었네."
몬스터가 무뚝뚝하게 말했다. 나는 뻔뻔하게 맞섰다.
"내 시계는 삼십 분 정각인데."
"좋아."
몬스터는 너그러운 마음으로 용서해 준다며 유세를 떨었다. 그러고는 자연스럽게 가방을 넘겼다.
"설마."
"맞아, 가방 셔틀."
몬스터는 팔짱을 낀 채 앞서 걸어갔다. 나는 몬스터의 가방을 들고 쫄레쫄레 뒤따라갔다. 등교 시간이 아니라는 게 다행이라면 다행이었다. 몬스터의 그 배려심에 눈물이라도 흘릴 지경이었다. 나는 학교에서도 종 부리듯 할까 봐 걱정이 태산 같았고, 걱정은 현실이 되었다.

청소 시간이 되자 몬스터는 교실 선풍기를 껐다.

"아, 씨! 더워!"

건희가 신경질적으로 쏘아붙이며 선풍기를 다시 켰다. 선풍기 바람에 교실 쓰레기가 나뒹굴었다. 몬스터는 빗자루를 든 채 건희를 위아래로 훑어본 뒤 나에게 시선을 던졌다.

"어쩌라고?"

몰라서 묻는 게 아니었다. 나는 교실 바닥이 꺼져라 한숨을 쉬며 울며 겨자 먹기로 선풍기를 껐다.

"돌았냐?"

역시 가만있을 건희가 아니었다. 하지만 나도 지금은 미칠 지경이었다.

"닥쳐, 새꺄. 나대지 말고."

"헐, 대박 꿀잼! 얘들아, 변태용이 몬스터 남친 됐다."

"한 번만 더 변태용, 변태용, 해 봐!"

나는 내가 지을 수 있는 가장 험악한 표정으로 말했다. 건희는 아랑곳하지 않고 복도로 뛰쳐나가면서 동네방네 떠들어 댔다. 하지만 곧 복도에서 운동화를 신은 채로 뛰어다닌다고 선생님한테 걸려 벌점을 받았다. 좀 위로가 되었다.

몬스터는 방과 후에도 가방 셔틀을 시켰다. 애가 너무 냉정했다. 내 사회적 지위와 체면은 안중에도 없었다. 나는 후드티에 달려 있는 모자를 써 얼굴을 최대한 가리고 몬스터의 가방을 멘 채 마구 뛰쳐나갔다.

"변태용! 내 가방도 들어 주랑."

양송이가 콧소리를 심하게 섞은 목소리로 나를 부르며 뒤쫓아 왔다. 그러고는 재미있어 죽겠다는 듯한 표정으로 몬스터를 향해 엄지손가락을 추켜세웠다. 몬스터는 무표정하게 따라왔다.

지하철 입구에 먼저 도착해 있으니 몬스터가 아주 천천히 다가왔다.

"이거 뭐 노예 계약 그런 거야?"

양송이가 호기심 가득한 얼굴로 물었다.

"맘대로 생각해."

몬스터가 무덤덤하게 말했다.

"언제까지 해야 돼?"

의리녀 양송이가 대변인처럼 내가 궁금한 걸 물어보았다.

"몰라."

몬스터는 끝까지 냉정을 잃지 않았다.

나는 애원하듯 몬스터를 바라봤다. 제발 하루빨리 노예 계약을 청산해 달라고. 하지만 몬스터는 딴 곳을 보고 있었다. 그곳을 보니 지하철 계단 쪽에 할머니 한 분이 쪼그려 앉은 채 짐을 머리에 이고 손으로는 보따리를 들며 일어서고 있었다.

"내가 자선 사업가냐? 거지같이."

내가 징징대자 몬스터가 단호하게 말했다.

"거지같이? 넌 인간이 한참 덜 됐어. 싫으면 당장 그만둬!"

"너, 말 잘한다."

양송이는 곁에서 한다는 소리가 기껏 이거였다. 게다가 감동 먹은 눈빛으로 박수까지 쳐 댔다. 도움이 안 됐다. 의리녀 취소다.

"누가 싫댔냐? 알았어. 한다고 해."

나는 똥 씹은 표정으로 할머니한테 다가가 다짜고짜 말했다.

"할머니, 그거 주세요."

"됐어. 무거워."

할머니가 표정으로는 제발 들어 달라고 하면서, 반대로 말했다.

"그러니까 달라고 하죠. 아, 빨리 줘요. 귀찮게 하지 말고."

나는 할머니의 머리에 인 보따리를 빼앗다시피 들었다.

"원 녀석도."

할머니가 미안한 표정을 짓고 끙끙대며 겨우 일어섰다. 몬스터가 고갯짓으로 보따리를 가리켰다.

"에이, 씨. 그것도 주세요."

나는 할머니의 짐을 드느라 개고생했다. 몬스터가 양심은 있는지 자기 가방을 챙겨 들고 제 갈 길을 갔다. 오십 미터쯤 걸었을 뿐인데, 내 이마에 땀이 송골송골 맺혔다.

"몬스터, 쟤, 은근 매력 있다."

양송이는 짐도 들어 주지 않고 막대 사탕을 빨면서 밉살맞게 굴었다. 할머니가 원하는 장소에 가서 버스까지 태워 주니, 몬스터한테서 문자 메시지가 왔다.

내일도 그 시간 그곳.

나는 이를 악물고 문자 메시지 삭제 버튼을 꾹 누르다가, 실수로 폰을 떨어뜨렸다. 액정에 흠집이 났다. 아, 정말 되는 게 없었다. 건희한테서 문자 메시지가 몇 통 와 있었지만 한가하게 문자 메시지나 주고받을 상황이 아니었다.

몬스터의 가방 셔틀이 된 지 어언 하루라는 세월이 흘렀다. 성질 같아선 몬스터의 가방을 내동댕이치며 법대로 하라고 고래고래 소리 지르고 싶었지만, 안 될 말이었다. 무엇보다 나는 법에 대해 무지하고, 게다가 몬스터 아빠는 변호사였다. 그동안 희생한 게 수포로 돌아갈지도 몰랐다.

"잘되어 가냐? 기한 하루 남았다."

복도에서 물을 마시며 갈증을 달래고 있는데 담임 선생님이 내 어깨를 툭 치며 말을 건넸다. 그 바람에 물이 코로 들어가 머리가 띵했다. 아, 씨.

방과 후에 양송이와 건희가 노래방 가자고 꼬드겼지만 난 단

박에 거절했다. 일단 급한 불을 꺼야만 했다.

공원 입구에서 가방을 돌려주려는데 몬스터가 미끄럼틀 쪽으로 걸어갔다. 저녁때가 되어서인지 동네 사람들은 거의 눈에 안 띄었다. 아무리 기다려도 몬스터가 오지 않아 미끄럼틀 쪽으로 설렁설렁 걸어갔다. 딱 봐도 어린 티가 줄줄 나는 애들이 떼거지로 몰려 있었다.

"아, 네가 뭔데 지랄이야. 못생긴 게."

초록 괴물 슈렉을 닮아 결코 잘생겼다고 볼 수 없는 애가 몬스터에게 성질을 냈다.

"너, 초딩이지? 누나가 좋은 말로 할 때 빨리 담배 끄고 가."

슈렉은 담배 연기를 몬스터 얼굴에 후 불었다. 그 용기가 가상했지만 무모해 보였다.

"너희한테 흡연은 불법이고, 기관지에도 안 좋고, 폐암에 걸릴 확률도 무지 높아. 키도 안 자라고, 나중에 정자에도 문제 생길 수 있어. 또 너네들이 초딩이라 아직 간접흡연의 폐해를 몰라서 그러는 모양인데……."

몬스터의 오지랖은 가당치 않게 넓었다. 도대체 이 아이의 정체가 뭘까. 교실에서 보는 무표정하고 말수 없는 몬스터와 지금 내 눈앞에 서 있는 몬스터가 동일 인물이 맞나 싶을 정도로 의아했다.

"아, 씨. 초딩 아니라니까 말끝마다 초딩이래. 이래 봬도 중학교 1학년이라고."

나는 괜히 봉변당할까 봐 멀찍이 물러났다. 요즘 어린것들은 개념도 없고 겁대가리도 완전 상실했다. 하지만 몬스터는 사회 정의 구현을 위해 자기 한 몸 희생하겠다는 태도였다.

"여보세요? 거기 파출소죠? 초딩들이 주민들의 쉼터인 공원에서 백주대낮에 담배 피……."

"아, 초딩 아니라니까! 완전 또라이 아냐?"

슈렉은 친구들을 데리고 쌍욕을 내뱉으며 사라졌다. 그제야 나는 슬금슬금 몬스터에게 다가갔다.

"야, 너 참 피곤하게 산다. 요새 애들이 얼마나 무서운 줄 아냐? 다 나처럼 순수하지 않다고. 애가 겁이 없어요. 그러다가 너 쥐도 새도 모르게 죽는 수도 있다."

나는 가방 셔틀을 해 준 정을 생각해서 따끔하게 진심 어린 충고를 해 주었다.

"구더기 무서워 장 못 담그니?"

"뭐래?"

"너처럼 불의를 봐도 잘 참는 어른들 때문에 우리나라 교육이 이 모양 이 꼴이 된 거야. 알겠어? 꿈나무들이 담배를 꼬나물고 피워도 자기랑 상관없다고 그냥 지나치지. 그러면서 속으론 싹수가 노랗다고 말세라고 욕하겠지. 하지만 어른들이 만든 세상 아냐? 너도 제발 생각 좀 하고 살아. 머리는 장식이냐?"

어쩌면 몬스터는 가방은 핑계고, 자신의 사상과 철학을 피력하기 위해 나를 고용한 게 아닐까. 그나저나 난 잠시 묘한 기분에 빠져들었다. 이제껏 양송이 말고 나에게 대놓고 이런 잔소리를 지껄인 애가 있었던가.

나는 귀에 이어폰을 꽂고 모르는 척 걷기 시작했다. 뒤따라온 몬스터는 이어폰을 거칠게 빼고 나를 한참 노려봤다. 언뜻 눈동자에 어린 물기가 보였다. 문득 몬스터가 안돼 보였다. 이건 뭐지? 오지랖도 전염되나? 나는 머리를 세차게 흔들었다.

몬스터는 나한테서 자기 가방을 빼앗다시피 들고 그네에 털썩 앉았다. 나는 노예 계약이 연장되는 건 아닌가, 똥줄이 타는 심정으로 슬몃슬몃 다가갔다.

"기분 풀어. 내가 뭘 어쨌다고. 그래, 알았어. 알았다고."

"뭘?"

"그냥 뭐 다 알았다고."

"글쎄, 뭘?"

"아, 몰라, 몰라. 뭐가 그렇게 까다로워?"

"꺼져."

나는 넋을 놓고 몬스터의 뒷모습을 한참 바라보았다. 기분이 울적했다. 발에 닿는 것마다 툭툭 치며 될 대로 되라는 심정으로 피시방에 갔다. 그동안 쌓인 스트레스를 한방에 날리고 싶었으나, 몬스터가 신경 쓰여 그럴 수가 없었다.

다시 공원으로 갔다. 그때까지 몬스터는 그네에 앉아 있었다. 어디선가 스산한 바람이 불어왔다.

내가 몬스터의 가방을 들려고 하자 몬스터는 완강하게 거부했다.

"그림 좋은데. 사랑 싸움?"

이건 무슨 삼류 막장 드라마 속에 나오는 대사? 뒤를 돌아보았다. 누가 봐도 이목구비가 슈렉의 형이었다. 지금부터 편의상 슈렉의 형은 슈렉 1, 슈렉은 슈렉 2로 부르겠다. 문제는 슈렉 1이 내가 주눅들 정도로 한 덩치 한다는 거. 아까 도망쳤던 슈렉 2를 포함한 몇몇 애들도 끼어 있었다.

"취향 독특하네."

슈렉 1이 능글거리며 말했다.

"그런 거 아닌데요."

나는 발끈해서 소리쳤다. 존댓말로 최대한 예의는 차렸다.

"그런 게 뭔데?"

슈렉 1은 갑자기 제정신이 아닌 것처럼 웃어젖혔다. 그러고는 식상한 주례사처럼 원치도 않는 덕담을 늘어놓았다.

"천생연분 같은데 부디 결혼해서 애 쑴뿡쑴뿡 낳고 백년해로하기를."

"나, 먼저 갈게."

몬스터가 비겁한 말 한마디 남기고 바람과 함께 사라지려고 했다. 나는 배신감에 휩싸였다. 슈렉 1이 고갯짓을 하자 아까 몬스터한테 몹쓸 훈계를 들은 슈렉 2가 뒤에서 몬스터의 다리를 걸었다. 몬스터는 그대로 모래밭에 거꾸러졌다. 모래를 털고 일어나는 몬스터의 모습은 몹시 후줄근하고 처참했다. 애들은 뚜껑 이벤트 '한 병 더'에 당첨이라도 된 양 환호했다. 미안하지만 나 역시 웃음이 삐져나오려는 걸 억지로 참았다.

"너희들, 그러지 마. 엄마 아빠가 아시면 얼마나 속상하시겠니?"

웬 상담 선생님 코스프레? 몬스터 너, 참 가지가지 한다. 정신 차려! 난 지푸라기라도 잡는 심정으로 주위를 두리번거렸다. 흔한 경찰차 한 대 지나가지 않았다.

"나, 엄마 아빠 없는데?"

슈렉 1이 장난스럽게 대꾸했다.

"미안해. 몰랐어."

몬스터가 정중하게 사과했다. 슈렉 1은 아주 불량스럽게 몬스터 앞으로 걸어갔다.

"나, 잘못한 거 없거든. 쟤, 네 동생 맞지? 담배 피워서 한소리 한 거뿐이야. 오히려 고마워해야 하는 거 아냐?"

몬스터는 여전히 고자세였다.

"못 배워서 그렇다. 어쩔래?"

슈렉 1은 껌을 딱딱 씹으며 손가락으로 몬스터의 이마를 툭툭 쳤다. 몬스터가 슈렉 1의 팔을 툭 쳐 냈다.

"어쭈! 앙칼지기까지. 매력이 넘치시네."

슈렉 1의 비아냥거림이 도를 넘고 있었다. 그사이 몬스터는 휴대폰을 꺼내 어딘가로 전화를 걸었다.

"여기 청소년 비행 사건 신고하……."

몹시 흥분한 슈렉 1이 몬스터의 휴대폰을 집어던졌다. 몬스터가 휴대폰을 집으려는 순간 슈렉 1은 몬스터의 손을 발로 밟고 비벼 댔다. 몬스터는 괴성을 지르면서 슈렉 1의 팔을 낚아채 물어뜯었다.

"아아아아아아악!"

슈렉 1은 팔짝팔짝 뛰며 돼지 멱따는 소리로 비명을 질러 댔다. 팔뚝엔 이빨 자국이 선명했다. 슈렉 1은 있는 힘을 다해 몬스터의 뺨에 따귀를 올려붙였다. 몬스터는 금세 나가떨어졌고, 입술이 터졌는지 피가 났다.

"무식하면 용감무쌍하다더니, 확!"

슈렉 1이 씩씩거리며 거칠게 소리 질렀다.

난 발만 동동 구르며 구세주가 나타나기를 빌었다. 애초부터 나한테 슈렉 1에 맞설 용기 같은 건 없었다. 그때였다. 내 텔레파시가 통했는지 순찰차가 경광등을 빛내며 지나가고 있었다. 슈렉 1을 비롯한 비행 청소년들은 황급히 자리를 떴다.

나는 슬금슬금 몬스터 곁으로 갔다. 몬스터가 쿨럭쿨럭 기침을 하더니 꾸물대며 일어났다.

"괜찮냐?"

나는 몬스터 옷에 묻은 모래를 털어 주려다가 뒤늦게 정신을 차리고 멈칫했다. 큰일 날 뻔했다. 몬스터는 아무 일 없었다는 듯 옷을 털고 헝클어진 머리를 매만지더니 공원 세면대 쪽으로 터벅터벅 걸어갔다. 나는 몬스터의 가방을 들고 뒤따라갔다.

몬스터는 세면대에 뿔테 안경을 올려 두고 세수를 하고 입을 헹궜다. 이마를 덮었던 앞머리가 올라가자 전체 얼굴이 시원하게 드러났다. 몬스터의 표정은 생각보다 밝아 보였다. 가을바람이 불어왔다. 근처 은행나무가 노란 은행잎을 하나둘 떨어뜨렸다. 그게 신호였을까? 나도 모르게 입이 열렸다.

"나처럼 무개념으로 사는 것도 문제 있지만, 너처럼 어른 흉내 내는 것도 아주 큰 문제거든! 제발 애답게 굴어."

설마 이건 잔소리? 몬스터는 멍하게 듣고만 있었다.

"넌 너무 감정이 메말랐어. 춘향이는 이팔청춘 꽃다운 네 나이 때 이몽룡하고 연애하고 19금도 했어."

아, 여기서 이 이야기는 왜 나온 거지. 나는 목소리를 가다듬고 이야기를 이어나갔다.

"날씨 좋다. 하늘도, 바람도, 단풍도. 너는 저런 거 보고 아무 생각 안 드냐? 막 놀고 싶고, 수다 떨고 싶고, 맛있는 거 먹고 싶고, 흥얼거리고 싶고, 그렇지 않아? 넌 세상을 너무 무겁게 봐.

그럼 느는 건 몸무게뿐이야."

앗, 또 실수! 맨 뒤에 뱉은 말은 꼭 주워 담고 싶었다.

"무거우니까."

몬스터가 푸념 섞인 말투로 입을 뗐다. 나는 생각나는 대로 지껄였다.

"생각하기 나름. 너처럼 생각하면 저 둥실둥실 구름도, 팔락팔락 은행잎도 무거워 보일걸."

"작업 거냐?"

"헐. 나, 눈 높거든."

"흥분할 것까지야. 너도 내 스타일 아니야."

그렇게 말해 놓고 몬스터는 자신도 쑥스러운지 피식 웃었다. 웃는 거 처음 보았다. 어쨌거나 천만다행이었다. 몬스터의 이상형이 아니어서.

"참, 궁금한 게 있는데. 네 이름 뜻이 뭐냐? 에스더."

"별. 성경 속에 나오는데 무척 아름다운 여인이었대."

나도 모르게 웃음이 터져 나왔다. 몬스터는 예상했던 반응이라는 듯 무심해 보였다. 어쨌거나 별 희한한 이름도 다 있었다. 이름과 외모의 완벽한 부조화. 하지만 적어도 몬스터가 별명처럼 괴물 같지는 않았다.

우린 말없이 걷다가 말없이 헤어졌다. 말이 없어도 별로 불편하지 않았다.

노예 계약 만료.

그날 밤, 몬스터한테서 온 짧은 문자 메시지였다. 피식, 웃음부터 나왔다. 그토록 갈구했던 해방의 순간인데 뭔가 허전했다. 잠도 잘 오지 않았다. 문득 나는 잘 살고 있는 걸까, 하는 생각이 들었다. 그것도 난생처음. 모두의 왕따 몬스터는 뜻밖에도 소신 있게 잘 살아가고 있는 것 같았다. 무엇보다 몬스터는 시시콜콜한 것에 연연해하지 않았고, 누구보다 당당해 보였다. 난 그게 부러웠고 한편 자존심이 상했다. 따지고 보면 누구도 몬스터한테 손가락질할 자격이 없었다.

가을바람이 무슨 신호처럼 창문을 흔들었다. 침대에서 일어나 창가 쪽으로 걸어갔다. 낙엽이 떨어지고 있었다. 마침 아빠와 새엄마가 일을 마치고 팔짱을 낀 채 돌아오고 있었다. 그 모습이 다정해 보여 쓸쓸했다. 다시 침대에 누웠다. 양송이가 지껄였던 프로이트 할아버지의 말들도 생각나고, 몬스터가 잘난 척 내뱉은 말들도 머릿속을 둥둥 떠다녔다. 꿈도 어지러웠다.

다음 날, 학교 가는 길에 양송이가 뛰어와 격하게 어깨동무를 했다. 양송이의 가슴이 내 팔꿈치에 닿았다. 순 뽕브라다. 양송이는 전혀 눈치 못 채고 있었다. 역시 불알친구.

"변태용, 사이버 성추행 사건은 어떻게 돼 가? 내가 최근에 책을 한 권 읽었는데 말이야."

"버섯! 이번엔 또 어떤 영감탱이냐? 정중히 사양한다."

양송이가 골치 아픈 심리학적 이론을 펼치기 전에 나는 줄행랑을 쳤다.

교실에 가기 전, 교무실부터 들렀다. 담임 선생님은 커피를 내리고 있었다. 교무실엔 커피 향이 은은했다.

"또 사고쳤냐?"

"왜 저만 미워하세요?"

"눈치챘구나."

"쳇! 몬스터 아니 박에스더가 없었던 일로 한대요."

"그거 해결된 지 한참 됐잖아."

"무슨?"

"그날, 에스더 아버님 오셨을 때 나 보고 따끔하게 혼내 달라고, 하고 가셨어. 이번 딱 한 번만 넘어가 주신다고."

담임 선생님의 뒷북에 뒷골이 당겼다.

"아, 씨. 근데 왜 그걸 지금 말해요?"

"잊었어? 건방지게 선생님 말 자르고 내뺀 건 너야. 다 말하려고 했는데."

"기한 하루 남았다면서요!"

"그건 뭐 교육상 필요한 것 같아서. 기분 상했다면 미안."

피가 거꾸로 솟는 기분이었다. 그동안 내가 몬스터한테 한 짓은 한마디로 병신 짓이었다. 나는 교무실 문을 쾅 닫고 나갔다.

"그래 가지고 문 부서지겠냐?"

교무실에서 담임 선생님 목소리가 터져 나왔다.

나는 몬스터가 오기만을 기다렸다. 그런데 단 한 번도 지각을 하지 않던 범생이가 오늘따라 늑장을 부렸다. 목이 바짝바짝 타들어갔다.

"왜? 우리 삼식이 주인님 안 나오니까 섭섭해?"

양송이가 내 엉덩이를 툭 치고 지나갔다. 게다가 머슴 취급까지. 이것도 엄연히 성추행에 명예 훼손이었다. 언젠간 나도 고발하고 말 거다.

아침 조회 시간에 담임 선생님한테 몬스터 왜 학교 안 나오냐고 물었다. 애들은 단체로 야유를 보냈다. 또 이상한 소문들로 단톡방은 시끌시끌할지 몰랐다. 그러거나 말거나, 그따위 비생산적인 일에 에너지를 소모하는 애들이 한심할 따름이었다.

"궁금하면 전화해 봐."

뒤끝 여왕 수진이가 빈정대며 말했다. 그러게 몬스터가 나오든 말든 내가 무슨 상관인지 모르겠다.

"자퇴했다."

담임 선생님이 그 엄청난 사건을 마치 아파서 조퇴하고 간 것처럼 말했다.

"그동안 비밀로 해 달래서. 얼마 전에 아버님이 오셔서 말씀하셨어. 지방에 내려가는 모양이더라. 대안 학교 갈지 검정고시 칠지 고민 중인가 봐."

나는 불현듯 몬스터가 살던 집 대문에 '전세 있음'이라고 붙여 놓은 종이가 떠올랐다. 연달아 담임 선생님 책상 위에 놓여 있던 인권 변호사 명함도 떠올랐다. 그럼 그때 몬스터 아빠가 학교에 방문한 주 목적은 사이버 성추행 사건 해결보다는 자퇴 문제?

"어딜 가든 건강하고 즐겁게 지낼 수 있도록 마음속으로 빌어 주자."

우리 모두는 몬스터가 자퇴를 결정하는 데 물심양면 지원을 아끼지 않았다. 그 탓인지 교실 분위기는 어느 때보다도 정숙했다. 하지만 그 뜨뜻미지근한 반성의 시간은 짧았다. 점심시간이 지나자 애들은 너무도 쉽게 본래 모습을 되찾았다. 장난치고 욕설을 내뱉고 뛰어다니고 웃어젖히고 괴성을 질렀다. 나는 홧김에 몬스터에게 문자 메시지를 보냈다.

나, 가지고 노니까 좋냐?

답은 없었다. 한마디 말도 없이 가 버리다니, 정나미라고는 눈곱만큼도 없었다. 하루 종일 멍 때리고 있다가 양송이한테 각성제 같은 잔소리를 듣고 보니, 수업이 모두 끝나 있었다.

방과 후 양송이랑 공원으로 갔다. 그네에 앉으려고 하는데 초딩들이 몇 명 몰려와 그네를 먼저 차지했다. 졸지에 그네를 놓친 나를 향해 으스대며 혀를 놀리는 꼴이라니. 난 빡 돌아서 최대한 험상궂은 표정과 목소리로 초딩들을 쫓아냈다. 양송이가 말렸지만 왠지 듣고 싶지 않았다. 초딩들은 입이 댓 발 나온 채로 나불대며 사라졌다.

얼마 뒤, 공원에서 벗어나 양송이와 동네를 어슬렁거렸다. 빈둥대는 것, 기웃거리는 것, 멍 때리는 것. 양송이와 나의 공통 취미였다.

"어머, 이쁘다."

양송이는 노란 은행잎 길을 촐싹대며 뛰어가더니 허락도 없이 내 얼굴을 찍어 댔다. 카메라에 찍힌 내 얼굴이 쪼다 같았다. 지우려고 했지만 양송이는 끝까지 내 초상권을 침해했다.

"단풍이 왜 드는 줄 알아?"

양송이가 뜬금없이 물었다.

"안 궁금하거든!"

난 소리를 빽 질러 심기가 불편함을 알렸지만 양송이는 개의치 않고 주절주절 말했다.

"겨울을 대비하는 거래. 봄여름에는 광합성 활동으로 나뭇잎에 엽록소가 많아 녹색을 띠지만, 가을에 기온 내려가고 건조해지면 뿌리를 통해 물을 빨아올릴 수 없게 된대. 이때 나무들은 살아남기 위해 광합성 활동을 멈추게 되고, 그때 엽록소가 분해되면서 잎에 남아 있는 붉은색, 노란색 색소가 도드라지게 된다

는. 사실은 나무가 살기 위해 나뭇잎을 죽이는 거지. 어쩐지 엄
숙해."

"그딴 건 어디서 주워들었냐?"

"오늘 마지막 과학 시간에."

그런가. 기억에 없었다. 나는 양송이의 쓸데없는 말을 대부분
듣는 둥 마는 둥 했다. 그런데 마지막 말, 나무가 살기 위해 나뭇
잎을 죽인다는 말이 왠지 가슴에 남았다. 그건 수많은 시행착오
를 겪은 뒤의 어쩔 수 없는 선택이었을까? 만약 겨울을 나 본 적
도 없으면서 지레 겁을 먹고 광합성 작용을 멈추고, 잎을 떨어뜨
린 거면 그건 너무 비정하고 비겁한 거였다.

인간은 불완전한 존재니까 어쩔 수 없는 선택이라는 걸 한다.
엄마와 아빠도 몇 번의 겨울을 보내고 어쩔 수 없이 이혼을 했겠
지. 내가 이렇게 사는 건 어쩔 수 없는 걸까? 지금 내 모습은 그
동안 내가 한 선택의 결과였다. 나는 나한테 단순한 질문을 해
보았다. 만족해? 그렇다고 말할 수 없었다. 문득 내 마음에 시뻘
겋게 혹은 시퍼렇게 든 단풍도 이제 하나둘 떨어뜨릴 시점이 온
것 같다는 생각이 들었다. 그래야 내가 산다니까.

정신을 차리고 보니 양송이가 사라지고 없었다. 주위를 둘러
보니 예쁘장한 누나가 수제 머리핀을 팔고 있는 곳에 서 있었다.
머리핀을 보는 순간 몬스터의 앞머리가 생각나 기분 나빴다.

"생일 지났지만 사양하진 않을게."

양송이가 이것저것 고르면서 설레발을 쳤다. 나는 가장 저렴해 보이는 걸 골라 주었지만 양송이는 완강하게 거절했다.

"이왕 사 주는 거, 돈 쓰고 욕먹지 말고, 차라리 내가 고를게."

난 자포자기의 심정으로 돈을 냈다. 양송이는 횡재했다며 나를 포옹해 주고 손바닥 키스를 날리며 학원으로 갔다.

혼자 남은 나는 동네를 한 바퀴 빙 돌고 다시 공원으로 돌아왔다. 그런데 저기 공원 그네에 앉아 있는 여자애는 혹시 몬스터? 비도 안 오는데 노란 우산을 쓰고 있었다. 나는 콧방귀를 뀌며 다가서다 주춤했다. 그리고 다시 그네 쪽을 응시했다. 방금 전까지만 해도 보이던 몬스터가 자리에 없었다. 주위를 두리번거렸지만 없었다. 설마 헛것? 그때 그네를 차지한 초딩들이 다리를 힘껏 휘저었다. 하늘 끝까지 올라가고야 말겠다는 기세로, 공원에 맑은 웃음을 뿌리고 있었다.

저녁 무렵, 서쪽 하늘에 일찍 나온 별 하나가 반짝였다. 어렴풋이 에스더가 별이라는 사실이 떠올라 피식 웃음이 났다. 별을 볼 때마다 몬스터가 떠오를 것 같은 불길한 예감이 들었다. 마침 가을바람이 불고 있었다. 중학생 시절 마지막 가을바람이었다. 은행나무에서 이제 얼마 남지 않은 노란 은행잎이 떨어져 나비처럼 나풀나풀 하늘로 날아갔다.

원시인? 병시인?

저녁 밥상머리에서 아빠는 자못 심각한 표정으로 물었다.

"난 네 머릿속이 어떻게 생겨 먹었는지 궁금하다."

퇴근길에 포장마차에서 혼자 약주를 한 잔 걸쳤는지 아빠 얼굴은 제법 불콰했다. 아빠 입장에선 궁금하기도 했을 거다. 방과 후 학교도 야간 자율 학습도 불참하겠다고 선언했고, 학교 종 땡 치면 칼같이 귀가하는 것도 아니었으니. 하지만 나는 아빠의 말을 태연하게 무시함으로써 대화 사절 의향을 밝혔다.

"엄마, 갈비찜 좀 더."

딴 데 정신을 팔던 엄마는 내 말에 굼뜨게 일어났다.

"하늘이 두 쪽 나도 공무원은 반대다!"

아빠가 술에 취하긴 취한 모양이었다. 평소와 달리 끊임없이 말을 걸었다. 그나저나 다른 부모들은 요즘 같은 불경기에 공무원 못 시켜서 안달이라던데 아빠도 참 별나다. 어쨌든 공무원은 내 취향 아닌데 부담 덜었다.

"아빠 사는 꼴을 봐. 보기 좋아? 이건 아니잖아!"

내가 아무 반응을 안 보이자 아빠는 내가 공무원을 장래 희망으로 생각하는 줄 알고 쐐기를 박듯 말했다. 현재 아빠의 모습이 결코 보기 좋다고 할 수는 없었다. 아빠는 이십여 년 동안 동사무소에서 일했는데 아직도 계장이다. 사십 대 초반부터 탈모가 진행되었고 오십 대 중반인 지금은 눈 뜨고 못 봐 줄 지경이다. 아빠는 엄마한테 주변머리가 없다는 소리를 종종 듣는데, 말이 씨가 됐다. 얼핏 보면 동사무소 소장 같았다. 미간은 늘 주름이 잡혀 있었다. 사는 낙이 없다는 말도 입에 달고 살았다.

그래도 내가 묵묵부답하자 아빠는 식탁 위에 수저를 탁 놓았다. 젓가락 하나가 튀어 바닥에 떨어졌다.

"이이가 안 하던 짓을 하고 그럴까?"

엄마가 젓가락을 주우며 아빠를 향해 눈을 흘겼다.

아빠는 요즘 부쩍 음주가 잦고 심란해했다. 마지막 승진 기회를 놓쳤기 때문이었다. 설상가상으로 명퇴 후 제2의 인생을 꿈꾸다가 식구들의 결사반대에 부딪혔다.

"쥐꼬리만 한 월급이지만 돈 나올 구멍이라고는 당신밖에 없다는 거, 알죠?"

엄마가 선심 쓰듯 아빠한테 새 젓가락을 갖다 주며 말했다.

"안 굶긴다고 글쎄."

"글쎄, 뭘로?"

엄마의 반박에 아빠는 꿀 먹은 벙어리가 된 채 밥만 공격적으로 퍼먹었다.

"그리고 대한이는 차차 생각하겠지. 괜히 스트레스 주지 마요."

엄마는 아빠를 살살 달래면서 나를 두둔했다. 그러고는 접시에 갈비찜을 푸짐하게 덜어 놓았다. 나는 젓가락을 들다 말고 식탁 위에 올려 두었다. 이미 결정한 지 오래였다. 질질 끈다고 능사는 아니라고 판단했다. 지금이 바로 기회였다. 터뜨리자.

"시인 되려고요."

나는 학교 갔다 왔다는 평범한 인사처럼 속마음을 털어놓았다. 반응을 보니 식구들의 허를 찌른 모양이었다.

"허!"

아빠가 자주 남발하는 허무 감탄사가 또 나왔다. 밥풀 하나가 힘없이 튀어나왔다.

"시 나부랭이로 밥 벌어 먹고살 수 있냐?"

아빠는 술이 확 깬 듯한 표정과 다소 떨떠름해하는 말투로 반문했다.

"나, 소식해."

내가 소심하게 대꾸하자 엄마가 즉각 보호에 나섰다.

"여보, 인생은 밥이나 돈이 전부가 아니야. 난 배부른 돼지보다 배고픈 소크라테스가 낫다고 생각하는 일인. 시인? 얼마나 낭만적이야. 아들이 삭막한 세상을 촉촉하게 적셔 줄 단비가 되고 싶다는데, 부모가 되어 가지고 적극 밀어 줘야지, 암. 내 말이 틀려?"

현실 감각이라고는 눈 씻고 찾아봐도 없는 엄마는 뜬구름 잡는 말을 늘어놓았다. 엄마는 천장을 드넓은 창공이나 별이 빛나는 밤하늘로 착각한 듯 고개를 들고 두 손을 맞잡았다. 나는 맹세코 엄마의 전폭적인 지지는 바라지 않았다. 그냥 모른 체하는 게 도와주는 거라는 사실을 알아주었으면 좋겠다.

"또 시작이다. 그놈의 낭만 타령. 그게 밥 먹여 주냐?"

"사람이 밥만 먹고 사냐? 내가 낭만 말고 밥을 택했어 봐. 당신이 언감생심 나랑? 말이야 바른 말이지, 당신 여태 노총각 신세 못 면했을걸."

"사돈 남 말 하고 있네. 나니까 당신하고 살아 주는 거야. 이거 왜 이래!"

엄마와 아빠의 옥신각신하는 다툼이 지속됐다. 하지만 머지않아 엄마의 일방적인 승리로 끝날 게 뻔했다. 부부싸움에서 아빠는 백전백패였다.

"당신, 나한테 이러면 안 되지. 설마 잊었어? 아버님……."

싸움이 중반전으로 치닫자 엄마가 코를 훌쩍이며 아빠 아킬레스건을 건드렸다. 엄마는 치매에 걸린 할아버지를 거의 오 년간 성심성의껏 수발했다. 아빠한테 할아버지는 상처였다. 아빠는 어려서 할머니를 잃고 할아버지 품에서 자랐다. 그래서 할아버지 이야기만 나오면 눈물 바람이다. 다행히 누나가 썰렁한 분위기에 불을 지폈다.

"딱이네, 원시인. 부디 훌륭한 시인이 되어서 누나 대신 가문을 빛내 주시길."

누나는 내 머리를 마구 비비더니 "설거지는 내 당번!" 하고 자리를 털고 일어났다.

원시인. 어감이 약간 거시기하긴 했지만 내 성이 원씨니 영 틀린 말은 아니었다. 참고로 누나는 나하고 일곱 살 터울로 대한민국 공식 백수다. 아빠의 반대를 무릅쓰고 국립대 행정학과에 입학했지만 아빠의 결사반대로 공무원 시험을 포기했다. 대신 마트, 편의점, 커피숍 등에서 알바를 하고 거기서 벌어들인 수입으로 가끔 생활비를 내고 종종 혼자 여행을 떠났다. 여행 갔다 와서는 블로그에 사진과 글을 포스팅하는데 생각보다 반응이 좋았다. 방문자 수와 스크랩 수와 댓글 수가 장난이 아니었다. 누나는 파워 블로거가 되는 게 작은 목표였다. 그다음에는? 뭐, 알아서 하겠지. 그렇게 한 발짝씩 나아가는 것도 괜찮아 보였다. 가만히 보면 아빠의 결사반대는 누나한테 허울 좋은 핑계거리에 불과했을지 몰랐다.

"원시인? 듣고 보니 그렇네. 원시인 시 쓰면 엄마가 낭송하고. 누가 모자지간 아니랄까 봐. 우리 찰떡궁합이다, 그치?"

엄마는 소녀처럼 들떠서 말했다. 실로 걱정했던 바였다. 이렇게 나올까 봐 그간 비밀에 부쳤던 거였다.

"사양할래."

엄마는 벌써 일이 성사라도 된 듯 김칫국을 마시고 환상에 사로잡혔다. 사양한다는 내 말은 한 귀로 흘린 게 분명했다.

우리 식구는 엄마의 오글거리는 시 낭송을 매년 들어야 하는 곤욕을 치르고 있었다. 엄마는 시 낭송회를 명절보다 더 소중히 여겼다. 유난 떤다는 아빠의 망언에 며칠간 반찬 가짓수가 확 줄었고, 우리가 산모도 아닌데 일주일 내내 미역국이 상 위에 올라온 적이 있었다. 아빠는 석고대죄하는 마음으로 엄마의 꼬인 심기를 풀기 위해 각고의 노력을 했다. 누나와 나 역시 청소, 빨래, 설거지 등등 온갖 희생을 감수했다. 그 사건 이후 엄마의 시 낭송회에 토 안 달고 참석하는 게 집안의 평화를 위한 불문율이 되었다.

"우리 집안에 시인, 정확하게 말해 시인 지망생은 한 명으로 충분하다."

아빠는 한숨을 연속으로 뿜어 대며 저녁 산책을 나갔다. 그렇게 말하는 아빠도 엄마한테 연애 시로 결혼 승낙을 받았다고 했다. 그건 우리 집에서 공공연한 비밀이었다. 엄마는 입을 삐죽이며 갈비찜의 살을 발라내 내 밥 위에 올려 주었다. 왠지 갈빗살이 내 살이 될 것 같진 않았다.

내가 시에 꽂힌 건 역사가 그렇게 길진 않았다.

때는 바야흐로 고등학교 입학 며칠 전. 여자 친구 미현이는 갑자기 헤어지자는 말로, 나를 충격에 빠뜨렸다. 그것도 하필이면 백 일째 되는 날. 나는 백 일 기념으로 미현이가 평소 눈독들이던 귀걸이를 장만해 둔 터였다.

딱 백 일 전, 쭉 별 볼일 없었던 나는 어느 날 갑자기 관심의 대상으로 급부상했다. 한창 주가를 올리고 있는 아이돌 그룹 포텐 멤버 중 한 명이 나와 외모가 비슷하다는 이유였다.

"아, 가슴 떨려."

"진짜 아기 피부인 거 있지. 만져 보고 싶어."

"웃을 때 덧니 봤어? 완전 귀여워."

지나갈 때마다 여자애들은 나를 흘끔거리며 말했다. 기분이 묘했다. 그러던 어느 날, 미현이가 팔짱을 낀 채 도도하게 다가왔다.

"너, 내가 찜했다."

나는 심장이 멎어 버리는 줄 알았다. 아무한테도 말은 안 했지만 난 미현이를 유치원 때부터 짝사랑해 왔다. 초등학교 육 년 동안 떨어져 있다가 같은 중학교에 배정받았을 때 나는 운명을 믿었다. 하지만 미현이는 유치원 때의 나를 기억하지 못했다. 내가 수근이한테 맞아 쌍코피가 터졌을 때 미현이는 수근이를 밀치고 나한테 다가와 휴지로 양쪽 콧구멍을 막고 눈물을 닦아 주었다. 그날부터 난 미현이가 누구에게나 친절한 게 싫었다.

"너, 첨엔 좀 밥맛이었는데 좀 순수해 보인달까. 여튼 변태 자식보다는 나아."

미현이는 그 말을 주혁이 앞에서 했다. 유달리 '변태'라는 말을 강조했다. 주혁이와 미현이는 한때 뜨거운 사이였다. 둘이 갈 데까지 갔다는 근거 없는 소문도 파다했다. 질투에 눈이 먼 애들이 퍼뜨린 게 틀림없었다. 주혁이는 관심 없는 듯 스마트폰 게임에 열중하고 있었다. 나는 넝쿨째 굴러온 미현이의 제안을 마다할 이유가 없었다. 내 눈에 미현이는 학교에서 최고로 예뻤다. 심지어 공부도 잘했다. 지나가기만 해도 향기가 코끝을 스쳤다.

"그러니까 그게……."

"지금 이 순간부터 사귀는 거다."

내가 우물쭈물 망설이자 미현이는 애들 앞에서 큰 소리로 공표했다. 나도 모르게 감동의 눈물이 나왔다.

"너, 우냐?"

미현이가 뜨악한 표정을 지으며 물었다.

"아니, 눈에 티끌이 들어가서."

나는 거짓말로 위기를 모면했다.

그날 이후 나는 미현이가 하자는 대로 했다. 애들은 남자 친구가 아니라 노예라고 비아냥댔지만 상관없었다. 나는 미현이를 위해 한 달치 용돈을 하루 만에 다 썼고, 미현이의 불평불만을

다 들어 주었다. 미현이의 조잘대는 입술을 눈치 안 보고 감상하는 것만도 황홀했다. 나는 미현이의 거침없는 스킨십에 당황했지만 한편으로 무척 설레었다. 미현이는 스스럼없이 내 손을 잡고, 팔로 내 허리를 감싸 안았다. 손바닥과 등줄기에서 땀이 났지만 미현이와 떨어지기 싫었다. 그러던 어느 날 밤, 공원 그네에서 미현이가 입술을 내밀며 다가왔다. 나는 질끈 눈을 감았다. 순식간에 뭔가 스치고 지나갔다.

"어떤 느낌인지 궁금했어."

미현이가 무심하게 말했다.

"어땠어?"

나는 조바심이 나서 물어보았다.

"축축했어."

사실 나도 그랬다. 나는 키스하기 전에 입술에 급히 침 바른 걸 후회했다. 곧 백 일이었다. 나는 미현이를 실망시키기 않을 작정이었다. 그동안 모은 용돈과 비상금을 털어 미현이가 탐하던 큐빅 귀걸이를 샀다.

드디어 백 일 기념일. 미현이와 함께 공포 영화를 봤다. 나는 가끔 소스라치게 놀라며 미현이와 잡은 손에 힘을 주었다. 영화가 끝난 뒤 푸드몰로 향했다. 미현이가 돈까스를 쏘았다. 벌건 소스가 공포 영화에서 보았던 피 같아 비위가 상했지만, 미현이의 성의를 무시할 수 없어 꾸역꾸역 위장으로 밀어 넣었다. 밥 먹는 내내 아무 말이 없었지만 나는 좋았다. 나는 음식을 씹으면서도 미현이만 봤는데, 미현이는 줄곧 음식과 지나가는 사람들과 텔레비전과 휴대폰에만 시선을 두었다.

미현이 집 근처 공원에서 난 비장의 무기를 내밀었다.

"난 준비 못 했는데."

"괜찮아."

맹세코 진심이었다. 미현이만 내 곁에 있어 준다면 아무래도 상관없었다.

미현이는 고맙다는 말도 생략하고 담담하게 귀걸이를 달았다. 나는 감개무량했고 미현이는 심드렁하게 말했다.

"할 말 있어."

나는 미현이의 예쁜 입에서 어떤 예쁜 말이 나올까 가슴이 두근댔다. 이번에는 키스를 좀 더 잘할 수 있을 것 같았다.

"끝내."

나는 미현이의 일방적인 이별 통보에 잠시 멍만 때리고 서 있었다.

"왜?"

"이유를 알아야겠니?"

굳이 알고 싶지 않았다. "아니."라고 말하려던 찰나.

"너, 돈 많아? 내가 가지고 싶은 거 다 사 줄 수 있어? 이딴 싸구려 말고."

미현이는 그동안 쌓아 두었던 말을 봇물처럼 쏟아 냈다. 직수 굿하게 경청하고 있는 내가 멍청해 보였다. 미현이의 귀에 달린 귀걸이가 흔들거렸다. 나를 조롱하는 것 같았다. 방 둘, 거실 하나, 주방 하나, 화장실 하나의 십팔 평짜리 임대 아파트. 엄마 아빠는 안방, 누나는 작은방, 나는 거실에서 자야 했다. 십오 년 된 냉장고가 내는 가래 끓는 듯한 소리 때문에 밤잠을 설치기도 했다. 그런 처지에 미현이가 가지고 싶은 걸 다 사 줄 수는 없는 노릇이었다. 나는 가난해서 속상했고 화가 났고 눈물이 핑 돌았다.

"그만 좀 울어. 찌질해 보여."

그걸 알면서도 눈물을 주체할 수가 없었다. 미현이는 축축한 첫 키스의 추억만 남겨 놓고 떠나 버렸다. 떠났다고 하루아침에 감정마저 깔끔하게 정리되는 건 아니었다.

미현이와는 다음 날, 영화관에서 마주쳤다. 동생이 실연당한 사실을 눈치챈 누나가 영화를 보여 준다고 해서 억지로 끌려 나온 터였다. 방구석에 처박혀 있는 건데, 후회막급이었다.

"이모뻘 되는 여친? 원대한! 너, 은근 능력 있다."

미현이는 차갑게 쏘아붙이고는 주혁이와 팔짱을 끼었다. 내가 준 싸구려 큐빅 귀걸이가 눈에 거슬렸다. 비참했다. 다혈질인 누나는 내가 말릴 겨를도 없이 미현이의 찰랑찰랑한 뒷머리를 잡아당겼다 놓았다. 주혁이는 입을 쩍 벌렸고, 머리가 헝클어진 미현이는 상황 파악이 안 되는지 그 순간 멍청하게 서 있었다.

누나는 내 손을 잡아끌고 엘리베이터를 탔다. 뒤늦게 고막을 찢어발기는 듯한 미현이의 고성이 건물 한 층 아래까지 쩌렁쩌렁 울려 퍼졌다.

나는 있는 대로 성질을 내고 누나의 팔을 뿌리쳤다. 그날따라 몹시 쌀쌀했고, 하늘은 눈이라도 퍼부을 심산인 듯 잔뜩 찌푸려 있었고, 나는 아랫배가 살살 아파 왔다.

혼자 싸돌아다니다가 급한 김에 인근 도서관에 들렀다. 장시간 찬 공기에 노출되었던 뺨과 손이 얼얼했다. 바지를 까 내리고 좌변기에 앉자마자 폭포수처럼 설사를 쏟아 냈다. 안도의 한숨이 나왔다. 그리고 운명처럼 벽면에 붙어 있는 시를 보게 되었다.

가난한 내가
아름다운 나타샤를 사랑해서
오늘 밤은 푹푹 눈이 나린다

나타샤를 사랑은 하고
눈은 푹푹 날리고
나는 혼자 쓸쓸히 앉아 소주를 마신다
소주를 마시며 생각한다

눈으로 읽고 입으로 소리 내어 여러 번을 읽었다. 백석의 시는 가끔 하루 종일 흥얼거리게 되는 노래처럼 입 밖으로 반복 재생되었다.

집으로 가는 길에 진눈깨비가 내렸다. 가난한 나는 예쁜 미현이를 사랑해서 오늘 밤은 진눈깨비가 내린다. 가슴이 찌르르했다. 내 입에서 입김과 함께 시가 술술 나왔다. 입 밖으로 나온 시는 진눈깨비와 함께 땅바닥에 떨어져 질척거렸다.

그날 집으로 가자마자 냉장고에서 아빠가 마시다 남긴 소주를 들고 화장실에 갔다. 그러고는 좌변기 뚜껑에 앉아 공복에 병나발을 불었다. 소주는 식도를 타고 내려가 위장을 뜨겁게 데웠지만 가슴의 온기를 회복하지는 못했다.

그날 밤은 좀체 잠이 오지 않았다. 골골거리는 냉장고 때문인지 아빠의 코 고는 소리 때문인지 알코올 기운 때문인지 백석의 시 때문인지 종잡을 수가 없었다. 나는 또다시 시를 천천히 되뇌어 보았다.

"가난한 내가 아름다운 나타샤를 사랑해서……."

"자."

엄마가 잠 묻은 목소리로 잠꼬대하듯 말했다.

"응."

대답은 그렇게 했지만 잠은 이미 달아난 뒤였다. 시는 계속 머릿속에 맴돌았다. 실연당한 내 처지를 대변해 주고 있었다. 단 몇 줄의 시가 가슴에 작은 파문을 일으키더니 이내 소용돌이쳤다. 나는 시의 강력한 힘에 매료되었다. 그때 난 시와 사랑에 빠지게 될 운명을 감지했다. 문득 시를 쓰고 싶어졌다. 예기치 못한 사건이었다. 문득 김춘수 시인의 시가 떠올랐다. 나에게 와서 꽃이 된 건 미현이가 아니라 시였다.

시인이 되고 싶다는 생각이 들었을 때, 가장 먼저 엄마가 떠올랐다. 나한테 시인 기질이 다분하다면 엄마 유전자 영향인 건 부인 못 한다. 엄마는 늘 시인이기를 자처했다. 요즘도 시시때때로 시를 끼적였다. 습작 노트가 무려 다섯 권이나 되었다. 엄마의 재산 목록 1호였다. 엄마가 제일 싫어하는 건 시상이 떠오를 때 말을 붙이는 거였다. 애써 찾아와 준 시상을 사라지게 만든 장본인을 엄마는 결코 용서치 않았다. 야비하고 치졸한 수법으로 복수했다. 빨래를 안 해 준다든가, 밥을 안 차려 준다든가, 투명 인간 취급한다든가, 기타 등등. 자식이고 남편이고 안중에도 없었다. 문제는 툭하면 시상이 떠오른다는 거였다. 밥을 안치다가, 전화를 받다가, 화장실에서 볼일을 보다가, 샤워를 하다가, 드라마를 보다가, 외출 준비를 하다가……. 촌각을 다투는 시간에도 시상이 떠오를 땐 모든 게 일시 정지였다.

엄마는 종종 자기가 쓴 시를 식구들 앞에서 낭송하는 악취미를 가지고 있었다. 엄마의 자작시는 대체로 닭살을 초고속 최대치로 생산해 내는 데 효과가 탁월했다. 소재는 주로 달걀, 당근,

브로콜리, 도마, 국자, 주걱, 주전자, 냄비 등 냉장고나 주방에 있는 친구들이다. 주된 표현은 돈호법과 의인법과 영탄법.

> 당근아,
> 너를 홍당무라고도 하지
> 뭐가 부끄러워
> 얼굴이 빨갛게 되었니?
> 아, 알고 싶어라

이를테면 이런 식이었다. 유치원생들 사이에 유행했던 당근송 수준이었다. 하지만 엄마는 매사에 자신감이 넘쳤다. 매년 고배를 마시지만 신춘문예에 도전하는 걸 포기하지 않았다. 엄마의 문학에 대한 갈증은 사막에 불시착한 '물 먹는 하마'를 방불케 했다. 당선 개별 통보가 시작되는 12월 하순경부터 엄마는 휴대폰을 하루 종일 달고 살며 작은 소리에도 깜짝깜짝 놀랐다.

그리고 12월 말이 되면 한숨 소리와 함께 머리를 싸매고 드러누웠다. 우울증은 보름 정도 지속되었다. 하지만 어느새 또 시상이 떠오르고 다시 시랑 사랑에 빠지고 시 낭송회에 참석했다. 시낭송회에 가 보면 엄마의 눈은 늘 촉촉했다. 이윽고 떨어지는 한 줄기 눈물. 엄마는 감정 과잉 상태일 때가 많았다. 이건 뭐 단순한 시 낭송이 아니라 시를 이용한 오페라나 뮤지컬 공연이었다.

아! 눈물 하니까 아픈 과거가 떠올랐다. 나는 어릴 때부터 울 보여서 친구들에게 놀림을 받거나 따돌림을 당했고, 지금도 상황이 나아진 건 없었다. 우리나라에는 남자는 딱 세 번 운다는 낭설이 있다. 태어날 때 한 번, 사귀던 여자와 헤어졌을 때 한 번, 부모님 돌아가실 때 한 번. 정말 놀고 있다. 남자는 사람 아닌가. 세상에 태어나서 죽을 때까지 세 번 우는 남자가 과연 존재할까. 존재한다면 그 인간은 피도 눈물도 없는 냉혈한일 거다.

나는 엄마의 지나친 감수성이 늘 불편했지만 지지리 복도 없지, 그것마저 쏙 빼닮았다. 툭하면 눈물이다. 드라마를 보다가 슬픈 장면에서 눈물을 흘리는 건 걱정 축에도 안 든다. 비가 오면 비가 와서, 맑은 날에는 햇살이 눈부시도록 아름다워서 눈물이 난다. 가끔은 음식이 맛있어도, 음악이 감미로워도 눈물이 앞을 가린다. 무슨 조건 반사 같다.

고치려고 노력을 안 한 건 아니었다. 별별 수단을 다 썼고, 네이버 지식인에 질문도 올려 봤으나 돌아온 답변은 대부분 시답잖은 것 일색이었다.

존내 부럽다. 난 안구 건조증 환자.

밝은세상 안과로 방문해 주세요. 전화번호 02-000-0000

사춘기라 그래. 나? 초딩. ㅋㅋ

저도 그래요. 그냥 우세요.

몇 년 전엔 하도 걱정이 되어서 엄마랑 함께 병원에 갔다.

"눈물이 없어도 병, 많아도 병인데요."

의사는 진지한 어조로 말문을 뗐다. 사람을 잔뜩 긴장하게 만드는 재주가 있었다.

"유루증, 즉 눈물 흘림증이라고 있는데요. 대부분 코눈물관 막힘으로 생기는 안질환입니다. 심하면 눈 주위의 피부가 짓무르기도 하는데요."

"수술로 완치할 수 있는 거예요?"

엄마가 조급하게 물어보았다. 의사는 살짝 미소 지었다가 금세 굳은 표정으로 되돌아갔다.

"대한 군은 그런 경우가 아닙니다. 지극히 정상적이니까 그냥 이대로 살아가면 됩니다. 하하하하, 많이 놀랐죠?"

의사는 그게 재미있다고 생각하는 모양이었다. 결론은 평생 이 모양 이 꼴로 살아야 한다는 얘기였다. 난 운명을 받아들이기로 했다. 자고로 시인은 감정이 풍부해야 하니까.

고등학교에 입학하고 한 달이 지났다. 내 가슴과 머릿속에서 미현이가 완전히 사라지기까지는 어느 정도 시간이 필요해 보였다. 굳이 잊으려고 노력하지는 않았다. 대신 시간 날 때마다 시집을 읽었다. 집안 경제가 넉넉하지 않았으므로, 학교 도서관이나 시립 도서관 아니면 서점에 들러 공짜로 시를 읽었다. 시를 사랑하는 인터넷 카페에 가입해서 회원들이 소개하는 시를 읽어 보기도 했다. 어려운 시도 쉬운 시도 가슴 뭉클한 시도 전혀 느낌이 없는 시도 있었다. 어려운 시는 골치만 아팠다. 몇 번을 읽어 보아도 아무리 머리를 굴려도 해독이 불가능했다. 나는 쉬우면서 가슴 뭉클한 시를 쓰고 싶었다. 세상에 골치 아픈 일이 얼마나 많은데 시를 읽으면서까지 두통을 유발시키고 싶지는 않았다.

나는 닥치는 대로 시를 읽고 마음에 드는 시를 공책에 베껴 적었다. 학교에서, 지하철에서, 도서관에서, 시집을 읽고 있는 사람을 목격하기란 우리 반에서 휴대폰 없는 학생을 찾는 것만큼 어려웠다. 가끔 사람들이 돌연변이를 보듯 시집을 읽고 있는 나를 힐끔거렸으나 개의치 않았다. 하지만 가끔 외롭고 슬픈 것까진 어쩔 수 없었다.

그때쯤 나한테도 시상이라는 게 친히 방문해 주셨다. 나는 시상을 놓치지 않으려고 부단히 노력했다. 엄마가 시상을 목숨처럼 귀하게 여기는 이유도 알게 되었다. 시상은 물거품 같아서 잠시 한눈을 팔면 퐁, 하고 사라졌다. 자칫 시상을 놓치기라도 하면 속이 쓰라렸다.

　　사랑을 잃고 나는 쓰네

잘 있거라, 짧았던 밤들아

창밖을 떠돌던 겨울 안개들아

아무것도 모르던 촛불들아, 잘 있거라

공포를 기다리던 흰 종이들아

망설임을 대신하던 눈물들아

잘 있거라, 더 이상 내 것이 아닌 열망들아

　

수업 중에 담임이기도 한 국어 선생님이 시를 낭송했다. 기형도의 〈빈 집〉이라는 시였다. 햇살에 스러져 가는 아침 이슬처럼 잊히던 미현이가 불쑥 떠올랐다. 손쓸 새도 없이 툭 눈물이 터졌다. 사랑을 잃고 나는 쓴다니. 기가 막힌 표현이었다. 나도 복받치는 감정들을 하얀 종이 위에 한 자 한 자 옮겨 적고 싶었다.

"너, 왜 울어?"

담임 선생님은 슬그머니 다가와 고개를 갸웃대며 물었다.

"슬퍼서요."

"뭐가?"

"시가요."

"설마 감정 이입? 경험이 있다는 얘기?"

애들은 단체로 "헐!" 하고 황당 감탄사를 내뱉었다. 킥킥대는 애들도 있었다. 상관없었다. 나는 슬퍼서 슬퍼했다는 이유만으로 이상한 놈 취급을 당했다.

그리고, 감동은 딱 거기까지였다. 담임 선생님은 시를 난도질하기 시작했다. 그 시간에 나는 폭력에 시달리는 시의 비명을 들어야 했다. 그건 견디기 힘든 시간이었다. 시상이 떠올랐다. 아침에 받았던 학교 폭력 관련 가정 통신문 뒷면에 시를 끼적였다.

교과서에 널브러져 있는
시 한 편
만신창이다
난도질당한 몸뚱이 곳곳에
창자가 튀어나왔다
빨간 핏자국이 선명하다

문득 주위를 둘러보니 애들은 필기하는 데 여념이 없었다. 시어의 함축적인 의미와 표현상의 특징과 주제를 암기할 뿐 아무도 슬퍼하지 않는 친구들과 나는 점점 사이가 벌어졌다. 나는 학교에서 점점 독보적인 별종으로 거듭났다. 시집을 끼고 돌아다니는 또라이, 병시인……. 원시인이 되느냐 병시인이 되느냐, 나한텐 그것이 중요한 문제였다.

중간고사 기간이었다. 시험이 특별한 의미로 다가오진 않았다. 엄마와 아빠는 성적에 연연해하는 사람들이 아니었다. 누나가 수석으로 대학을 졸업했지만 이렇다 할 성과를 거두지 못하고 이 년간 백수 생활을 즐기는 걸 보고 내린 결론이었다. 난 평소와 다름없이 도서관에 들러 시를 읽었다. 누나 덕분에 대한민국 고등학생이 맛볼 수 없는 자유의 참맛을 만끽하고 있었다.

　나는 미친 듯이 시를 읽었다. 무엇에 흠뻑 젖을 수 있다는 게 마냥 즐거웠다. 적어도 수업 중에 멍 때리고 있거나, 잡담이나 잠으로 시간을 죽이거나, 아무 목적 없이 기계처럼 공부만 하는 애들보단 내가 낫다고 생각했다. 산책을 하면서, 벤치에 앉아서, 침대에 누워서, 화장실에 쪼그리고 앉아서, 시에 파묻혔다. 시험 공부는 가짜 같았고 시 공부는 진짜 같았다. 시는 내 빈약한 가슴에 온기를 불어넣어 주었다. 시에 인생을 걸어도 될 것 같다는 생각이 들었다.

　배가 출출해 노점에서 핫도그 하나를 사 먹었다. 강아지 한 마리가 헌 옷 수거함 옆에 쪼그려 앉아 불쌍한 눈으로 바라보고 있었다. 막 시상이 떠올랐다. 급히 스마트폰 메모지를 열어 메모를 하려는데 누군가 내 뒤통수를 탁 쳤다. 시상은 흔적도 없이 사라졌다.

　"아, 씨!"

　"아, 씨. 뭐? 뭐?"

　담임 선생님이었다. 나는 슬며시 시집을 등 뒤로 숨겼다. 담임 선생님은 시집을 뺏어 들더니, 모서리로 내 머리를 쿵 찍었다.

"시험 기간에 천하태평이시네요. 하라는 공부는 안 하고. 엄마 아빠가 아시니?"

"네."

담임 선생님은 할 말을 잃은 것처럼 보였다. 하지만 잠시 뒤, 잔소리하는 게 자신의 소임이라도 되는 양 마구 쏟아붙였다. 성적이 어떻고 저떻고 대학이 어떻고 저떻고 경제 불황이 어떻고 저떻고 취업이 어떻고 저떻고…….

"이건 압수!"

담임 선생님이 나를 놀리듯이 시집을 흔들며 뒤돌아섰다. 나는 잽싸게 시집을 낚아채고는 삼십육계 줄행랑을 놓았다. 담임 선생님의 분개한 목소리가 쩌렁쩌렁 울려 퍼졌으나 고소하고 통쾌하기만 했다. 공부하고 담 쌓은 나는 담임 선생님하고도 담을 쌓을 공산이 커 보였다.

중간고사 마지막 날, 다행히 담임 선생님은 깜빡했는지 전날 일에 대해 추궁하지 않았다.

국어 시험 시간이었다. 평소 실력으로 시험을 봤다. 다른 과목은 대충 찍었지만 국어 과목은 풀어 보고 싶은 욕구가 강하게 일었다. 많은 독서량 덕분인지 기본 실력으로도 꽤 많은 문제를 풀 수 있었다. 애들은 시를 어렵다고 했지만 나는 유독 시 문제가 쉬웠다. 시적 상황 및 화자의 정서와 태도를 파악하고 공감하면 웬만한 문제는 막힘없이 풀렸다. 마침 시적 화자의 정서 면에서 가장 유사한 시를 선택하라는 유형의 문제를 풀 차례였다. 지문으로 제시되어 있는 시는 기형도의 〈빈 집〉이었다. 어? 근데 선택지에 반가운 시가 나와 있었다. 나는 회심의 미소를 지었다. 더 볼 것도 없이 첫 번째 선택지인 백석의 〈나와 나타샤와 흰 당나귀〉를 선택하고 OMR 답안지에 마킹했다.

시험이 끝나고 정답 확인에 들어갔다. 맙소사! 틀렸다. 적어도 애들보다는 시에 대해 잘 안다고 자부하던 나였다. 이건 자존심이 걸린 문제였다. 나는 곧장 시험지를 들고 교무실로 갔다.

"쌤, 이건 왜 안 돼요?"

나는 첫 번째 선택지를 가리키며 단도직입적으로 물었다. 담임 선생님은 회심의 미소를 지은 채 여유 만만하게 가방을 챙겼다. 시험 기간이라 일찍 퇴근하는 모양이었다.

"아주 매력적인 오답이긴 하지."

담임 선생님은 자기가 만든 함정에 빠져 줘서 아주 흡족하다는 표정으로 말을 이었다.

"너, 수업 시간에 졸았니? 지금 시적 화자는 사랑하는 사람을 잃고 편지를 쓰고 있어. 그리고 사랑의 열망에 사로잡혔던 가슴 아픈 추억과의 단절을 통해 사랑의 고뇌에서 벗어나려고 해. 5번도 그런 경우잖아. 수업 시간에 예까지 들어 줬는데. 그러니까 슬프다고 질질 짜지만 말고 필기라도 제대로 해라."

담임 선생님은 4번, 3번, 2번 순서로 오답 이유를 설명했다.

난 참지 못하고 담임 선생님의 말을 가로챘다.

"1번도 되잖아요. 가난 때문에 여자한테 차인 거 아니에요? 실연당했잖아요. 그래서 쓸쓸하고 홧김에 소주도 마시는 거잖아요. 고통을 잠시나마 잊고 싶어서요. 1번이 정답인 것 같아서 나머지는 읽어 보지도 않았단 말이에요."

"그건 네 사정이고. 물론 백석의 시에서 시적 화자는 가난하고 쓸쓸해. 하지만 그게 실연을 당했기 때문이라는 근거는 없어. 이 시는 사랑하는 사람을 그리워하고 순수한 세계에 살고 싶은 소망을 드러내고 있는 시야. 이 맹추야."

"쌤이 기형도하고 백석한테 물어봤어요? 왜 쌤 맘대로 해석하고 그걸 강요하세요?"

"기가 막혀."

"저처럼 볼 수도 있는 거잖아요."

"만에 하나 그렇게 볼 수도 있다고 쳐. 하지만 문제를 잘 봐. 그냥 유사한 걸 찾는 게 아니라 가장 유사한 걸 찾는 거야. 알겠니?"

"제가 보기엔 1번이 가장 유사……."

"넌 애가 답이 없다. 듣자 하니 시인 되겠다던데, 그렇게 시를 이해하고 감상하는 능력이 떨어지는 애가, 뭐? 지나가던 개가 웃을 일이다, 인마. 정신 차려!"

나는 억울했다. 왜 시를 하나의 의미로만 못 박는지는 납득할 수가 없었다. 정말이지 고인이 된 기형도 시인과 백석 시인에게 판결을 맡기고 싶은 심정이었다.

"이 선생, 뭐 해? 다들 기다리고 있는데."

점심 약속이 있는지 다른 선생님들이 재촉했다.

"어쨌든 이건 절대 정답으로 인정할 수 없어. 나가 봐."

나는 찝찝한 기분에 미적거리기만 했다.

"얼른!"

하릴없이 교무실 문을 열고 나갔다.

"쟤가 그 병시인?"

선생님들끼리 뒷담화하는 소리가 들렸다. 그리고 킥킥대는 소리.

"다 들리거든요!"

나는 문밖에서 교무실로 고개를 내밀고 발끈해서 소리쳤다. 선생님들은 헛기침을 하며 서둘러 자리를 떴다.

이튿날, 나는 시험지를 들고 다른 학년 국어 선생님을 찾았다. 하지만 다들 짜기라도 한 듯 난색을 표하며 1학년 국어과 선생님과 해결하라고 했다. 몸이 축 늘어지는 기분이었다.

나는 인터넷 시 사랑 카페에 질문을 올렸다. 내 의견에 동조하는 사람들이 꽤 있었다. 그렇다면 이 문제는 충분히 문제의 소지가 있다는 거였다. 하지만 불행인지 다행인지 나는 성적에 별 관심이 없었다. 내 의견이 허무맹랑한 소리가 아니라는 사실만 확인하면 그걸로 족했다. 그런 쓸 데 없는 걸 고민할 시간에 시 한 편 더 읽고 쓰는 게 남는 장사라고 생각했다.

그런데, 다음 날 담임 선생님은 나를 따로 불러서 협상을 타진했다.

"아무도 이상 있다고 이의 제기 안 하는데, 너만 왜 그러니? 정 그러면 수행 평가 태도 점수 좀 감안해 줄게. 태도가 워낙 적극적이라. 네가 이 문제 가지고 계속 소란 피우면 일이 되게 복잡해져. 솔직히 너, 성적에 별 관심도 없지 않니?"

나는 더 이상 항변할 가치와 의지를 잃고 말았다.

"알아들었으면 가 봐."

나는 어떻게든 얼렁뚱땅 넘기려는 담임 선생님한테 적잖이 실망했다. 담임 선생님이 끝까지 자기 말이 맞다고 우겼다면 이렇게 실망스럽진 않았을 것이다. 이제 담임 선생님한테 내 속을 드러내는 일 따위는 절대 하지 않을 거라 다짐했다. 물론 담임 선생님이 시를 가르칠 때도 난 더 이상 듣지 않을 생각이었다.

주말이었다. 우리 집은 언제나 그렇듯 평화로웠다. 아빠는 아침 일찍 배낭을 메고 등산을 갔고, 엄마는 찌개가 넘치는 줄도 모르고 시상과 씨름하다가 화들짝 놀라 달려갔고, 누나는 두 달 정도 하던 알바를 청산하고 모은 돈으로 유럽 여행을 계획하고 있었다. 그리고 나는 시와 놀았다.

그동안 내가 읽은 시집만 해도 백 권이 넘었다. 틈틈이 인터넷 사이트에 시에 대한 감상을 댓글로 달기도 했다. 자연스럽게 문학 관련 공모전에도 관심이 생겼다. 공모전에 작품을 응모해서 내 실력을 검증해 보는 것도 중요한 공부라는 생각이 들었다. 사실 시 사랑 카페 회원들의 조언이 있었다.

나는 하루 종일 습작에 매달렸다. 쓰고 고치고 고치고 또 고쳤다. 시는 토씨 하나를 바꿔도 행갈이 하나에도 느낌이 확연히 달랐다. 나는 예민하고 까칠한 시를 데리고 노느라 시간 가는 줄도 몰랐다. 종종 노후화된 아파트의 층간 소음과 냉장고 골골대는 소리와 엄마가 시를 낭송하는 소리 때문에 방해가 되었지만 시랑 함께하는 시간이 더없이 좋았다. 반면, 학교에서는 늘 졸음이 몰려왔다. 애들은 게임이나 야동 탓이라고, 병시인이 지랄 떤다고 떠벌렸지만 무시했다.

심혈을 기울여 쓴 시를 읽고 나는 눈물을 흘렸다. 이 시로 다른 사람들 가슴에도 작은 물결무늬를 만든다면 밥을 먹지 않더라도 배가 부를 것 같았다. 난 눈여겨 두었던 지구문화재단 주최의 청소년 문학상 응모 요강을 꼼꼼히 살폈다. 우선 슬로건이 마음에 들었다.

청소년들을 위한 문학 축제. 미래의 작가를 초대합니다.

오! 미래의 작가라니. 내가? 과연 그게 가능할까? 하지만 그 생각만 하면 가슴이 뛰었다. 지금은 그게 제일 중요했다.

공모 부문을 보니 시는 세 편 이상이었다. 응모 방법과 특전을 살펴보았다. 문예 작품 공모를 통해 선발되면 문예 캠프 참여 자격도 주어진다고 되어 있었다. 여름 방학 기간 2박 3일. 그때 문학 강연회를 비롯해 작가와의 대화 등 다양한 프로그램도 진행되는 모양이었다. 시상 내역도 만만치 않았다. 구미가 확 당겼다. 마감 기한이 얼마 남지 않았다.

나는 그동안 써 놓았던 작품들을 추려내기 시작했다. 그리고 다시 읽어 보았다. 수정했다가 원래대로 했다가 또 수정했다. 그 과정은 끝이 없었다. 나중에는 속이 울렁거리고 머리에 쥐가 나는 것 같았다. 세상의 모든 시인들이 위대하게 느껴졌다.

마감 기한을 하루 앞두고 인터넷 접수를 완료했다. 혹시 조각배 같은 원고가 인터넷 바다에서 좌초되지 않을까 좌불안석이었다. 나는 즉시 해당 사이트에 로그인을 하고 자유 게시판에 원고 접수 확인을 요청했다. 나처럼 불안에 떠는 사람이 한둘이 아니었다. 시에 열병을 앓고 있는 청소년이 의외로 많다는 사실이 반가웠다. 힘도 불끈 났다. 반나절 뒤 접수 확인했다는 댓글이 달렸다.

하루에 열두 번도 더 망상에 사로잡혔다. 무서운 신예 원대한, 전국 고교 백일장을 휩쓸다. 내 이름만큼이나 원대한 포부였다.

무엇보다 상장을 들고 가서 담임 선생님 앞에 당당하게 내밀어 코를 납작하게 만들어 주고 싶었다. 충격에 빠진 담임 선생님의 표정을 감상하는 것도 꽤 흥미진진할 것 같았다. 상상만으로도 즐거웠고, 나도 모르게 킥킥 웃음이 새어 나왔다. 하지만 날이 갈수록 희망의 빛은 옅어지고 절망의 빛이 짙어졌다.

공모 결과를 기다리는 시간은 그야말로 피를 말리는 시간이었다. 입안도 바짝바짝 타들어 갔다. 가끔은 심장이 오그라드는 듯한 느낌도 들었다. 악몽을 꾸었다가, 길몽을 꾸었다가, 가위에 눌려 깜짝 놀라 깨어났다가, 가끔은 불면의 밤을 새우기도 했다. 하지만 그 두근거리는 시간들이 가슴을 뛰게 했고, 그래서 행복했다.

드디어 발표일이었다. 새벽부터 인터넷에 접속했지만 아직 감감무소식이었다. 몇 분 간격으로 계속 접속을 시도했다.

"주목! 사랑하는 여보, 아들딸! 내일 시 낭송회 있는 날인 거 알죠?"

엄마는 미역국을 떠 주며 낭송하듯이 말했다. 하필 오늘 같은 날 미역국이라니. 나는 맥 빠진 손으로 숟가락을 들다가 바닥에 떨어뜨렸다. 불길했다.

스마트폰으로 일 분에 몇 번씩 해당 사이트 공지 사항을 검색해 보았다. 어제부터 자유 게시판에는 발표 시간을 묻는 문의가 쇄도했다. 입맛도 없었다. 아침을 대충 때우고, 침대에서 뒹굴뒹

굴하다가, 한숨을 푹푹 쉬다가, 오후 두 시쯤 다시 인터넷에 접속했다. 새 글 표시가 빨갛게 반짝거리고 있었다. 가슴이 두방망이질쳤다. 그런데 발표가 하루 연기되었다는 소식! 머리가 떵하고 맥이 풀렸다.

전날보다 더 답답하고 고통스러운 하루가 꾸역꾸역 흘러가고, 드디어 홈페이지에 발표 공지가 떴다. 심호흡을 했지만 좀처럼 흥분이 가라앉지 않았다. 나는 결과 발표 및 심사평을 클릭했다. 마우스로 천천히 스크롤바를 끌어내렸다. 쿵쿵쿵쿵…….

그런데 눈 씻고 찾아봐도 내 이름 석 자는 나오지 않았다. 다시 한 번 샅샅이 톺아보았다. 인터넷 창을 닫았다가 다시 열고 확인했다. 낭떠러지에서 곤두박질친 기분이었다. 간신히 정신을 수습하고 심사평을 읽어 보았다. 시적 기교에 치우쳐 진정성이 느껴지지 않았다는 둥, 알맹이는 없고 미사여구만 가득하다는 둥, 거칠더라도 과감한 비약과 패기를 원했는데 기대에 못 미쳤다는 둥, 창의력과 상상력이 빈약하다는 둥, 전반적으로 상투성과 식상함을 꼬집고 있는 심사 위원의 평도 구태의연하긴 마찬가지였다.

나는 장원을 받은 작품을 찬찬히 읽어 보았다. 별다른 감흥이 오지 않았다. 사회에 만연한 비리가 순수해야 할 문학 판에도 검은 손을 뻗치는 게 아닌가 의구심이 들었다. 나는 이불을 덮고 잡념을 잠재우기 위해 노력했다.

자정 무렵, 잠에서 깨어났다. 흥분을 가라앉히고 내가 쓴 시를 냉정하게 다시 읽어 보았다. 응모할 때까지만 해도 우쭐했는데 지금 보니 허술하고 유치한 부분이 한두 군데가 아니었다. '감정의 배설'이라는 직격탄을 날린 평이 내 작품을 염두에 두고 한 말인 것 같아 찔렸다. 부끄러웠다. 하지만 이제 시작이었다. 고작 시작일 뿐이었다.

엄마의 시 낭송회가 있는 날.

방과 후에 나는 분신 같은 시집을 챙겨 들고 교문을 나섰다. 오늘도 '병시인' 소리를 다섯 번이나 들었다. 나는 그런 말을 생각 없이 내뱉는 진정한 병신들이 불쌍했다.

카페 '샤갈의 눈 내리는 마을' 앞은 사람들로 붐볐다. 뿔뿔이 흩어졌던 식구가 다 모였다. 몇 명의 아줌마가 낭송을 했다. 예전 같으면 멍 때리거나 엄마 몰래 스마트폰 게임을 하면서 시간을 죽였겠지만 지금은 아니다. 나는 장차 세계인들의 말라비틀어진 가슴을 촉촉하게 적셔 줄 시인이 될 몸이시다. 혼신의 힘을 다해 낭송하는 시를 들어 보니 온몸에 소름이 돋기도 했다. 시간이 쏜살같이 지나갔고 드디어 엄마가 피날레를 장식할 차례였다. 그런데, 맙소사! 엄마의 의상이 상상을 초월했다. 소복. 손에는 흰 천까지 들고 있었다. 엄마는 그 옷을 입은 채로 김소월의 〈초혼〉을 낭송했다. 배경 음악도 처연하기 그지없었다.

산산이 부서진 이름이여

　　허공중에 헤어진 이름이여

　　불러도 주인 없는 이름이여

　　부르다가 내가 죽을 이름이여

　엄마의 애절한 낭송에 감동 먹은 몇몇 사람들이 훌쩍거리며 손수건으로 눈가를 콕콕 찍어 댔다. 엄마한테는 죄송했지만 나는 자꾸 웃음이 새어 나왔다. 다행히 다들 자기감정에 충실하느라 내가 웃고 있다는 건 전혀 눈치 못 채는 듯했다. 음악이 그치자 사람들이 기립 박수를 쳤다.

　엄마는 낭송이 끝난 다음에도 무대에서 내려오지 않았다. 사람들은 웅성거렸다.

　"존경하는 회원님들의 양해를 구하고자 합니다."

　사위가 고요해졌다.

　"예정에 없었지만 낭송을 하나 더 하려고 해요. 다음에 들려드릴 시는 제 아들 녀석이 지은 거예요."

　순간 나는 호흡을 멈추었다. 사람들의 환호와 박수 소리가 귀청을 때렸다.

　"아들 녀석 방을 청소하다가 우연히 습작한 시를 보게 되었어요. 너무 슬프고 좋아서요. 원시인 님, 허락도 안 받아서 미안."

　'원시인'이라는 말에 사람들이 웃음을 터뜨렸다. 나는 얼굴이 홧홧 달아올랐다.

"시아버님 돌아가시지 전에 이런 일이……. 아시는 분도 계시 겠지만 제가 치매에 걸린……."

엄마가 말을 맺지 못하고 흐느꼈다. 한참 뒤, 구슬픈 선율에 엄마의 낭송이 이어졌다.

　　콩나물 국밥

　　치매 걸린 채 행방불명된 할아버지

　　아빠랑 발바닥에 불나도록

　　찾아 헤매다가

　　자정 넘어 늦은 저녁을 들러 들른

　　할아버지 단골집, 24시간 콩나물 국밥집

　　뜨거운 김 훅 끼치는

　　뚝배기 가득

　　숨죽은 콩나물, 날달걀, 그리고 밥알들이

　　보글보글 끓고 있었다

　　숟가락으로 휘젓다가, 휘휘 젓다가

　　한 숟갈 떠 넣고 꽉 다문

　　아빠의 입이 파르르 떨렸다, 순간

　　술주정뱅이의 추태마저 삼킨

천지 사방의 고요

뚝!

콩나물 국밥에

아빠의 굵은 눈물 떨어지는 소리

난 입속에 넣은 깍두기 와작 씹지도 못하고

숨을 죽였다

문득 할아버지 생각이 났다. 곁눈질을 하니 아빠의 볼에 눈물 자국이 선명했다. 나도 눈시울이 뜨거워지더니 이내 시야가 흐려졌다.

나는 가방을 멘 채 급히 자리를 벗어나 화장실로 갔다. 세수를 하고 소변기 앞에 섰다. 지퍼를 내리고 벽면을 보니 캠페인 문구가 적혀 있었다. 그걸 보는 순간, 괜히 심사가 뒤틀렸다.

남자가 흘리지 말아야 할 것은 눈물만이 아닙니다.

무심코 지나쳤던 문구인데 오늘따라 몹시 마음에 거슬렸다. 위 문구는 마땅히 수정되어야 한다. 눈물 흘리는 게 뭐 어디가 어떻다고. 나는 네임펜을 꺼내 문구를 수정했다.

진정한 남자가 흘려야 할 것은 눈물!!!

버튼을 꾹 눌러 물을 내리고 바깥으로 나왔다. 진정한 남자가 된 기분이었다. 나는 눈물 속에서 가슴 뭉클한 시를 건져낼 거라 다짐했다. 시가 평생 고통을 감수해야 하는 가시 면류관이라도 기꺼이 쓸 거였다.

때마침 시 낭송회에 참석했던 사람들이 우르르 쏟아져 나왔다. 엄마 모습은 보이지 않았다. 엄마는 시랑 사랑에 빠진 다른 아줌마들과 늦도록 시와 인생을 논할 거였다.

봄밤이었고, 실바람이 불었고, 어디선가 짙은 라일락 향기가 코를 찔렀다. 꽃향기는 밤공기를 지배하고 내 가슴속으로 스며들었다. 순간 머릿속에 번쩍 불이 들어왔다.

"야, 원시인!"

누나가 나를 부르는 소리가 들렸다.

"아, 말 시키지 마! 시상 떠오른단 말이야."

누나는 어안이 벙벙한 표정이었다. 아빠는 어이없다는 듯 웃음을 터뜨렸다.

나는 아랑곳하지 않고 서둘러 스마트폰 메모지를 열었다.

어느 영화배우가 시상식에서 한 대사처럼, 아, 정말이지 미치도록 아름다운 밤이었다.

열일곱, 최소한의 자존심

"지금 엄청 찔리는 사람 있지? 복도로!"

담임 선생님의 밑도 끝도 없는 말은 교실을 술렁이게 만들기에 충분했다.

"닥치고! 명단 확보했으니까 양심에 털 나기 전에 나가."

애들의 수많은 잡담 중 '방과후학교'라는 다섯 음절이 내 귀에 포착되었다.

한때 천사라고 믿어 의심치 않았던 담임 선생님은 기존 이미지를 전면 탈바꿈했다. 학생을 휘어잡아야 교사의 권위가 선다는 시대착오적인 생각이 불타오른 모양이었다.

담임 선생님 말을 빌리자면 '간덩이가 붓다 못해 배 밖으로 튀어나와 감히 방과후학교를 쨴' 나는 엄청은 아니고 좀 찔리긴 했다. 자수해서 광명 찾자고 제 발로 걸어 나갔는데 괜히 떠본 거였다면? 에잇, 몰라, 배 째! 나는 시침 뚝 떼고 평소대로 책상 위에 뺨을 밀착시킨 채 눈꺼풀을 닫았다.

새벽녘, 아래층 부부의 전쟁으로 충분한 수면 시간을 확보하지 못해 뒷목이 뻣뻣하고 골이 띵했다. 그따위로 살 거면 깔끔하게 호적을 정리하고 말지 무슨 영화를 보려고 여태 붙어 있을까. 그런 면에서 보자면 엄마의 선택은 확실히 선견지명이 있었다. 능력 없고 청력 잃고 허리까지 고장 나 미래가 불투명한 아빠를 버린 엄마. 덕분에 난 돈 주고도 못 하는 개고생 체험을 하고 있다. 하지만 나는 엄마가 돌아오기를 바라지 않았다. 돌아와 봤자 아래층 부부를 능가하는 진상 짓을 할 게 뻔했다. 그럴 바에야 차라리 없는 편이 속 편했다.

"마지막 기회. 당장 안 나가면 국물도 없다."

가자미 눈을 한 채 앞을 흘깃 보았다. 담임 선생님은 태연한 척 출석부를 정리했다. 결국 난 반신반의하면서도 엉거주춤 일어나 출입문을 열고 나갔다. 더 귀찮은 일을 만들고 싶지 않았을 뿐이다.

얼마 뒤, 담임 선생님이 복도로 행차했다.

"기왕 튀려면 들키지를 말든지."

담임 선생님은 돈이 궁해 정리하지 못한 내 머리칼을 잡아당기며 빈정거렸다. 자존심이 너덜너덜해졌지만 난 늘 해 오던 대로 화를 꾹 눌러 참았다.

기초도 없이 방과후학교에서 영어나 수학 수업을 듣는다는 건 맨땅에 헤딩하는 거나 마찬가지였다. 재수 없이 걸려 칠판 앞에 나가 문제를 풀어야 할 경우, 맨 정신에 전교생 앞에 나가 바바리맨 흉내를 내는 것만큼 곤욕스러웠다. 그 시간에 땀 흘려 돈을 벌거나 운동하는 게 백배 나았다. 반강제 방과후학교를 땡땡이치고 학교에서 무단이탈한 이유였다. 믿는 구석도 없지 않았다. 대개 교과 담당 선생님들은 출석 체크 없이 곧바로 수업에 돌입했고, 내 육감에 의하면 담임 선생님은 무사 안일주의를 신봉했다. 하지만 예상을 깨고 내 짜리몽땅한 꼬리는 딱 두 번 만에 밟히고 말았다.

"팔굽혀펴기 오십 회 실시!"

시작도 하기 전에 숨이 턱 막혔다.

"학교 참 좋아. 공부시켜 줘, 체력 단련시켜 줘. 이야, 이 삼두박근 좀 봐."

담임 선생님이 애지중지하는 사랑의 매로 내 삼두박근을 툭툭 쳤다. 뜨거운 게 척추를 타고 올라가 정수리 쪽으로 치솟았다.

아침을 굶어서 그런지 삼십 회 만에 팔이 후들거렸다. 이 장면을 놓칠 담임 선생님이 아니었다.

"이래서 체대 가겠어?"

쪽팔렸다. 몹시 허기가 졌고 신물이 올라왔다. 담임 선생님은 교실 출입문에 기대 수시로 내 동태를 살폈다. 이를 악물고 오십 회를 끝낸 뒤 벌떡 일어섰다. 손바닥에 묻은 먼지를 털면서 가쁜

숨을 티 안 나게 쉬었다.

교실에서는 〈TV 동화 행복한 세상〉이 방송되고 있었다. 명상의 시간인 모양이었다. 명상은 고사하고 어두침침한 복도에서 낑낑대고 있는 현실에 와락 짜증이 치밀어 올랐다. 마음 같아선 폼나게 반항하고 유유히 교문을 빠져나가고 싶었다. 하지만 막상 나가 봤자 학교가 내 무료 급식소이자 보호막이었다는 씁쓸한 현실만 재확인할 게 뻔했다.

"자, 무단 조퇴는 몇 대? 열 대. 발바닥 대!"

담임 선생님이 자문자답하며 이중 체벌 의사를 밝혔다. 반성의 기미가 없는 내 태도에 수가 틀린 모양이었다. 나는 다리를 쭉 뻗어 발바닥을 대 주었다.

"노파심에서 하는 말인데, 절대 체벌 아니다."

담임 선생님은 자기가 도망갈 구멍을 마련해 놓고 혼신의 힘을 다해 때렸다.

"이렇게 용천혈을 자극하면 기의 흐름을 원활하게 하고 정력에도 무지 좋아. 학교, 참 맘에 들지? 건강 관리 서비스까지. 감사하게 생각할 필요 없다. 이런 거 해 주고 월급 받는 거니까."

용천혈 어쩌고저쩌고하는 게 거짓은 아닌지 불쑥 용기가 생겼다.

"저, 방과후학교하고 야자 안 하겠습니다."

담임 선생님은 제자한테 멱살잡이라도 당한 듯한 표정으로 한숨을 토해 냈다.

입학식 당일에도 난 방과후학교와 야간 자율 학습을 안 하겠다고 공식 선언했다. 잔뜩 긴장하고 있었기 때문에 다소 도전적으로 들렸을 거였다.

"운동해서 체대 갈 겁니다."

"운동도 똑똑한 놈이 더 잘해. 너, 전국 대회 메달 딴 거 있어? 운동 능력 뛰어나? 실기는 특출나지 않는 이상 다 거기서 거기기 때문에 결국 당락을 좌우하는 건 내신이나 수능 성적이야, 인마. 요새 교수들 마인드가 그래. 똑똑한 놈들 뽑아서 우리가 가르치겠다. 알아?"

담임 선생님은 방과후학교와 야간 자율 학습에 빠지기 위한 내 술수를 간파한 듯 노련하게 대응했다. 설득과 감언이설과 협박에도 내 태도가 요지부동이자 아예 부탁조로 나왔다. 기초 생활 수급자라 방과후학교는 무료로 들을 수 있다는 말도 강조했다. 순간 흔들렸다. 그리하여 야간 자율 학습을 일주일에 세 번만 한다는 조건부 협상이 타결되었다. 그게 석 달 전.

"한 입으로 두말하지 마!"

담임 선생님은 더 이상의 대화를 거부하며 교실로 들어갔고 타협의 여지는 없어 보였다. 담임 선생님의 농간에 놀아난 것 같아 울화가 치밀었다.

자리에 앉자마자 담임 선생님의 일장 연설이 시작되었다.

"실은 우리 반에 천사를 자처한 아주 기특한 녀석이 있다."

천기누설이라도 하는 분위기였다. 내용을 요약하면 방과후 학교나 야간 자율 학습에 무단으로 빠지는 놈이 있을 때 필히 '1004'라는 발신 번호로 문자 메시지가 온다는 것. 결론은 앞으로 튈 생각은 꿈도 꾸지 않는 게 신상에 이로울 거라는 것.

담임 선생님이 나가자마자 교실은 바로 개판 오 분 전으로 바뀌었다.

"존나 치사한 새끼! 누구냐? 이실직고하시지."

"그럴 양심이 있는 놈이라면 애초에 이런 쓰레기 같은 짓은 안 하지."

"어딘가 꾸린내가 진동한다, 진동해."

"앞잡이! 매국노! 친일파!"

아이들은 장차 자신들의 일탈 행위가 원천 봉쇄된 현실을 개탄했다. 천사는 이런 모습을 보며 몰래 회심의 미소를 짓고 있겠지. 내 머리에 맨홀 뚜껑이 있다면 진작 뻥 터져 날아가 버렸을 거다.

별안간 복도에서 화재 경보음이 들려왔다.

"화재가 발생했습니다. 화재가 발생했습니다. 지금 즉시 신속하게 대피해 주시기 바랍니다."

누군가의 장난 아니면 오작동일 거였다. 애들은 다급한 기계음에도 잡담과 장난을 멈추지 않았다. 난 실제 상황이면 좋겠다고 생각했다.

내 인생이 빌어먹을 천사한테까지 발목 잡힐 줄은 꿈에도 몰
랐다. 악마의 탈을 쓴 천사의 힘은 점점 막강해졌다. 담임 선생
님은 야비한 천사한테 전폭적인 지지를 아끼지 않았으며 자주
흡족한 표정을 지었다.

"너무너무 귀여워서 깨물어 주고 싶어, 아주 그냥! 앞으로 지
속적이고 적극적인 협조 바란다."

담임 선생님은 어울리지도 않게 애교 섞인 목소리로 말했다.
담임 선생님과는 달리 나는 그 천사를 깨물어 죽이고 싶은 심정
이었다.

실체가 없는 천사와 대적한다는 건 참 김빠지는 일이었다. 밤
새도록 도깨비와 씨름을 한 기분이랄까? 혼자 광분해서 주절대
고 헐떡대고 씩씩대고 나면 기진맥진해 있는 나를 발견하곤 했
다. 천사는 내 목을 점점 옥죄어 왔지만, 난 지피지기가 아니어
서 백전백패만 당하고 있었다. 눈을 감으면 비열한 눈빛으로 나
를 노려보는 천사가 어른거리곤 했다. 얼굴 윤곽이 뭉개져 형체
를 알아볼 수 없는 쓰레기 같은 천사.

담임 선생님도 한때 애들한테 천사로 통했다. 입학식 날, 가급
적 학생 편에서 학생 입장을 대변하겠다고 포부를 밝히던 담임
선생님은 딱 한 달이 지나자 슬슬 정체를 드러내기 시작했다. 교

실에 휴지 하나만 떨어져 있어도 범인이 나오지 않으면 모두에게 벌점을 부여했다. 그건 엄연히 불평등한 폭력이었다. 항의는 매번 묵살당했다. 그건 학급 규칙으로 굳어졌고 아무도 토를 달지 않았다. 폭력에 굴복해 갈수록 교실은 청결해졌고 애들은 일종의 공중도덕을 체득했다. 하지만 교실 밖에 나가면 태도는 백팔십도 달라졌다. 애들은 담임 선생님을 향해 다양하고 원색적인 욕설을 퍼부었다.

담임 선생님은 악마의 탈을 쓴 천사와 함께 2대 악의 축이었다. 악의 축들은 우리 반을 지배하기 시작했다. 애들은 수월하게 통제가 되었고 우리 반은 담임 선생님 수완이 좋아 관리가 잘된다고 정평이 나기 시작했다. 무관심과 방관을 갈망하는 나는 피가 마를 지경이었다.

수업 시간, 난 맨 뒷좌석에서 한손으로 턱을 괴고 한손으로 필기를 하는 척, 복수의 칼날을 갈았다. 아침, 교문에서 학원 홍보용으로 받은 공책에 용의자를 정리하기 시작했다.

용의자 1. 한경수

학급 총무. 만행이 학생 부장을 능가함. 지각과 야자 토낀 놈들을 명렬표에 체크해서 벌금을 칼같이 받아 냄. 거의 갈취 수준. 철두철미 주도면밀해서 오리발은 불가능. 담임 선생님은 독종이라고 하면서도 심복처럼 총애함. 모든 애들한테 미운털이 단단히 박힌 놈. 예상 장래 직업, 해결사. 지각비가 많이 밀린 나는 눈엣가시.

거기까지 정리하고 녀석의 뒤통수를 힐끔 노려보았다. 악마의 탈을 쓴 게 아니라 그냥 악마 같았다. 더웠다. 유월 초인데 한여름 같았다.

용의자 2. 이한솔

전교 1등. 완벽주의자. 이기주의자. 자기가 피해 보는 일은 결코 그냥 지나치는 법이 없음. 수업 내용이나 학교에서 결정된 일에 대해 사사건건 트집을 잡고 논리적으로 따지고 들어 쌤조차 불편해하는 존재. 난 잠을 잤으면 잤지, 잡담으로 수업을 방해하진 않기 때문에 녀석한테 찍힐 일은 없음. 의외의 복병일 수 있음.

용의자 3. 김동혁

무개념. 종잡을 수 없는 새끼. 개막말의 대가. 오버 연기의 달인. 진심으로는 그런 일을 벌일 인간이 아니지만 장난으로는 그럴 가능성이 충분한 인간. 자화자찬하는 성격이라 다 떠벌리고 다닐 게 확실. 중학교 3학년 때 같은 반이었는데 없어진 스마트폰 때문에 나를 의심한 적 있음. 나중에 자신의 실수였음이 탄로나자 개망신당함. 나한테 사과? 기억 안 남.

5교시 종이 쳤다. 밥 먹고 돌아서면 배가 고팠다. 난 심각한 밥 결핍증에 시달리고 있다. 나한테 밥은 일용할 양식이면서 동시에 관심이고 사랑이며 생명이었다.

최대한 자연스럽게 급식 우유 박스를 뒤졌다. 수북이 쌓인 빈 통 틈새로 개봉되지 않은 우유가 세 개. 깜빡하고, 때를 놓쳐서, 혹은 먹기 싫어서 안 마시는 애들을 난 사랑했다. 걔들은 의도했든 하지 않았든 불우 이웃 돕기를 몸소 실천하고 있는 거다. 애들의 눈총을 무시하기 시작한 건 꽤 오래되었다. 현실을 직시하자 자격지심은 한낱 허접쓰레기에 불과했다.

난 주저 없이 최소한의 자존심만 남겨두기로 결정했다. 애들은 나를 가난한 대식가 '빈대'라고 불렀다. 가끔 눈살을 찌푸리거나 혀를 차거나 뒷담화를 까도 상관 안 했다. 누군가 익명으로 통장에 거금을 넣어 주거나, 도망갔던 엄마가 돌아오거나, 허릿병 때문에 누워 있는 아빠가 벌떡 일어나 내 보호자가 될 리 만무하기 때문에, 난 이를 앙다물고 버텨 내야 한다. 살아 내야 한다. 그것만이 열일곱, 나에게 주어진 막중한 임무였다.

"야, 우유 이거 안 먹는 거지?"

나는 불특정 다수에게 상냥하게 물었다. 뒤탈 방지용 꼼수였다. 용의자 2가 썩소를 짓고 귀에 소음 방지용 귀마개를 꼈다. 썩소로 맞대응을 할 기회를 잃어버린 나는 우유를 마셨다. 미지근했다. 약간 맛이 이상했지만 그냥 배 속으로 넘겼다. 내 굶주린

장은 상한 음식마저 간절히 원했다.

체육 시간. 엔도르핀이 솟구치고 내 존재감이 폭발하는 시간. 십 년째 학교 다니는 동안 잦은 지각과 보잘것없는 성적은 내 몸을 강철 체력으로 만들어 주었다. 나는 오리걸음, 토끼뜀, 팔굽혀펴기, 앉았다 일어서기, 선착순 달리기, 청소 등 최다 벌 체험 신기록 보유자였다. 원망? 그럴 리가. 오히려 전화위복이 됐다. 맷집도 좋아졌고 깡다구도 생겼다. 학교가 나한테 준 유일한 선물이었다. 덕분에 난생처음 체육 부장이라는 감투까지 썼다.

나는 체육복으로 갈아입고 강당을 향해 뛰었다.

"사열 종대로 집합!"

어슬렁대던 애들이 체육 선생님의 카리스마를 등에 업은 내 명령에 따랐다.

"이한솔! 너, 설마 공부하냐? 당장 이어폰 빼라. 압수당하기 전에."

저질 체력의 소유자 용의자 2는 벌레 씹은 표정으로 나를 보더니 이어폰을 뺐다. 경멸하는 듯한 시선. 나는 고개를 돌려 차단했다. 보기 싫은 건 안 보는 게 상책이었다.

용의자 1이 나이키 트레이닝복을 입고 용의자 3과 이종 격투기 흉내를 내고 있었다. 그때 용의자 3의 주머니에서 휴대폰이 떨어졌다.

"어쭈! 한경수. 복장 상태 불량! 김동혁. 체육 수업 시간에 웬 휴대폰? 둘 다 기본자세가 안 됐어. 옆으로 빠져 있어."

"권한 남용 아닌가?"

용의자 2가 냉소적인 표정으로 말을 툭 던졌다.

"맘에 들어. 내가 체육 부장 하나는 잘 뽑았단 말이야."

체육 선생님이 걸어오면서 나한테 힘을 실어 주었다. 용의자 1과 용의자 3은 나를 잠시 째려보다 대열에서 이탈해 짝다리를 짚고 섰다. 애들과 함께 국민체조를 한 뒤 용의자 1과 용의자 3을 데리고 창고로 가 수업 준비물을 꺼냈다. 부탁한 적도 없는데 민철이가 뛰어와 도와주었다. 체육 선생님 눈에 잘 보이려는 정성이 갸륵했다. 하지만 민철이를 제치고 오늘도 내가 배드민턴 시범 조교로 발탁되었다. 나는 셔틀콕 잡는 방법과 라켓 쥐는 방법, 서브와 스매시 방법 등을 시범 보이고 애들의 잘못된 자세를 교정해 주었다. 아쉽게도 나의 7교시 50분 천하는 금방 끝났다.

방과후학교 시간. 다시 찌그러져 있어야 했다. 나는 공책을 꺼내 용의자를 정리했다.

용의자 4. 최민철
체대 지망생. 부잣집 막내아들로 다른 반 체대 지망생과 함께 체육관 다님. 경쟁 심리가 지나치고 가끔 욱하는 성질 있음. 체육 실기 실력은 나보다 하수. 수행 평가 점수도 C. 배드민턴 칠 때도 나랑 게임했는데 세트 스코어 2:0으로 개박살 남. 체육 쌤한테 기본 동작부터 미숙하다는 지적받고 우거지상. 참, 민철이는 방과후학교 안 함. 망할 천사가 민철이의 사주를 받았을 수 있으니까 방심은 금물.

9교시 자율 학습이 끝나기 직전. 교실 출입문에 다닥다닥 붙은 애들은 종소리와 함께 함성을 지르며 뛰쳐나갔다. 밥 냄새. 밑 빠진 독 같은 배가 음식물을 갈구했다. 파블로프의 개가 된 느낌이었다. 문득 배가 정말 원하는 건 음식이 아닐지도 모른다는 생각이 들었다. 출처 불명의 허기. 그렇다고 허기의 근원지를 추적하고 싶은 의욕은, 없었다.

식판을 들고 줄을 섰다. 난 배가 출출했고 지금이 아니면 저녁을 굶을 확률이 높았다. 석식을 신청하지는 못했다. 담임 선생님은 나름 애썼지만 사설업체라 무료 급식은 어렵다고 전달했다. 상관없었다. 멍청한 애가 떨어뜨린 식권을 주워서 챙겨 놓은 게 있으니까. 순두부찌개, 고추장불고기, 메추리알조림. 아, 회가 동했다. 배 속 거지가 미쳐 날뛰었다.

허겁지겁 저녁을 먹었다. 포만감은 나를 잠깐 위로해 주었다. 후식으로 나온 딸기 우유로 입가심을 하며 계단을 내려가는데 화재경보기가 눈에 띄었다. 버튼을 꾹 누르고 급하게 자리를 피했다. 비상벨이 한여름밤 매미 소리보다 더 요란스레 울렸다. 주위를 둘러보았지만 다 밥 먹는 데 정신이 팔려 있었다.

오늘처럼 야자가 없는 날과 주말에는 항상 동네 뒷산에 올랐다. 숨 가쁘게 오르고 정상에서 토해 내는 숨. 그 느낌이 미치도록 좋았다. 윗몸일으키기를 하고 역기를 들다 보면 몸이 땀으로 흠뻑 젖었다. 땀이 빠져나간 자리마다 꿈이 채워지는 것 같았다. 하루에 몇 번씩이나 자살 충동을 느끼던 나한테도 꿈이라는 게 생겼다. 언젠가 정자에 앉아 명상을 하고 기 운동을 하다가, 어렴풋이 경호원이 되면 좋을 것 같다는 생각이 들었다. 나 자신을 지키고 가족을 지킨다는 건 가장 평범하면서도 위대한 일 아닐까. 난 그 실낱같은 꿈을 놓치지 않으려고 음식물을 섭취했다. 음식물은 꺼졌다고 생각한 초의 심지에서 희미하게 피어나는 불이었다.

미약하게 타오르는 불은 하산하는 동안 심하게 흔들렸다. 몇 달째 월세를 못 낸 허름한 연립 주택, 진절머리 나는 빚 독촉, 노숙자 꼴을 하고 있는 아빠, 방치되고 있는 허리 디스크, 잔고가 바닥난 통장, 라면 면발이 말라붙어 있는 냄비와 너저분한 싱크대, 퀴퀴한 냄새를 먹어 치운 파스 냄새, 지우고 씻어 내다 포기한 곰팡이, 새벽에 오줌이 마려워 일어나 갑자기 불을 켜면 우왕좌왕 몸을 숨기는 바퀴벌레들……. 각양각색의 불행이 옹기종기 모여 매일 축제를 벌이는 곳. 다 싸지르고 싶었다, 활활.

아빠가 운영하던 합기도 도장이 다른 사람에게 넘어가고, 집안 살림에 압류 딱지가 붙고, 사채업자들에게 협박을 받고, 아빠가 음주 운전으로 사람을 치고, 징역을 선고받고, 풀려나서 막노동을 하다가 사고로 청력을 잃고, 알코올에 중독되고, 엄마가 가출하고, 아빠는 허리마저 다치고……. 불행 공식에 그대로 대입된 듯 시궁창 같은 아빠, 엄마, 그리고 내 인생.

불행은 나라는 존재의 멱살을 잡고 다리를 걸고 넘어뜨리고 목에 예리한 칼까지 들이대고 있었다. 사는 게 구차스러웠지만 죽지 않을 거면 살고 봐야 했다. 아빠를 원망하고 증오할 힘도 다 사라졌다. 주로 보청기를 빼고 있는 아빠는 내 배 곯는 소리를 못 들을 거다. 새벽녘 아래층의 전쟁도, 그것 때문에 내가 불면증에 시달리고 있다는 것도, 전혀 알아채지 못할 거다.

눈을 뜨니 벌써 7시 30분이었다. 지난밤에도 연립 주택이 들썩거릴 정도로 요란한 싸움이었다. 단순히 지지고 볶는 수준이 아니었다. 가수면 상태에서 잘 만하면 귀청을 찢을 듯 새된 고함이 들리고, 적응될 만하면 멈췄다가, 의식이 가물가물해질 때쯤 살림살이를 때려 부수는 소리가 작렬했다. 간간이 재수가 지지리도 없는 초딩 재수의 울음소리도 들려왔다. 새벽이 다 되어서야 잠이 든 것 같았다. 알람 시계도 무용지물이었다.

냉장고 문을 열었다. 냉장고가 아가리를 벌린 채 음식을 채워 달라고 빗발치게 항의하고 있는 듯한 착각에 빠졌다. 서둘러 냉장고의 문을 닫았다. 동사무소에서 나온 정부미를 탈탈 털어 쌀을 안치고 전기밥솥 취사 버튼을 눌렀다. 집을 나섰다. 편의점 출입문에 붙어 있는 아르바이트 공고 문구를 눈여겨보았다. 나를 필요로 하는 것 같았다.

급구 알바생. 시급 6,030원. 18시~24시.

태양이 이글거렸다. 이상 고온이 며칠째 계속되고 있었다. 잠시 현기증이 일었다.

또 지각. 학교에 도착하자마자 설사를 했다. 어제 마신 우유 탓일 거다. 그렇다고 우유를 포기할 순 없었다. 언젠가는 장이 적응할 테지.

두 번째 설사를 끝내고 교실로 들어가니 용의자 1이 명렬표를 들이밀며 지각비를 요구했다. 내 지각에 지대한 영향을 미치는 아래층 부부한테 청구서를 내밀고 싶었다.

"돈!"

난 그러거나 말거나 책상 위에 뺨을 밀착시키고 눈을 질끈 감고 수면 보충을 시작했다.

"내일까지 안 내면 쌤한테 보고한다."

용의자 1이 선심을 쓰듯 말했다. '용의자 1' 부분에 '피도 눈물도 없는 새끼'라는 내용을 추가해야겠다.

얼마 뒤, 담임 선생님이 큼큼 헛기침을 하며 뒷문으로 들어왔다. 나는 힘겹게 상체를 일으켰다.

"어제 교육청 홈페이지에 어떤 학부모님이 우리 학교 이름을 거론하면서 화재경보기가 울려도 아무런 조치를 취하지 않는다며, 만약 정말로 화재가 발생했을 경우 그런 식으로 대처해 인명 사고라도 발생하면 책임질 거냐고 조목조목 따졌댄다. 참 훌륭하신 분이지? 누구의 학부모님이실까? 설마 우리 반 학부모님은 아니시겠지?"

담임 선생님은 '훌륭하신'으로 말했지만 어쩐지 '주제넘은'으로, '누구의 학부모님이실까?'로 말했지만 '들키면 뒈진다'로 이해해야 할 것 같았다.

"그래서 오늘 하루 화재경보기 점검 때문에 경보음이 수시로 울릴지 모르니까 참고하고. 앞으로 장난삼아 화재경보기에 손댔다가 발각될 경우, 최소한 등교 정지 처분이 내려질 거라는 교장 선생님의 엄명 전한다. 조심해."

담임 선생님이 하필이면 내 쪽을 바라보며 강조했다. 난 혹시 담임 선생님한테 독심술이라도 있는 건 아닐까, 하는 생각이 들었다가, 그러거나 말거나 안 들키면 되지 뭐, 하고 결론을 내렸다. 눈꺼풀이 닫히려는 순간.

"그리고, 어제도 마이 엔젤께서 친히 문자를 보내셨다. 석식 신청을 안 했는데 먹는 사람이 있다던데. 그리고 또! 우유가 없어서 못 먹는 사람이 있다던데. 있을 수 없는 일이다. 또 한 번

이런 치사한 짓거리로 심기 불편하게 하면 얄짤없다."

담임 선생님은 반 애들 전체를 향해 말했지만 나를 겨냥한 말임을 나도 알고 애들도 알았다. 눈꺼풀은 닫히지 않았고 나는 눈을 아래로 내리깔았다.

"전수호! 밖으로."

담임 선생님은 시의적절하게 복도로 호출해 확인 사살까지 하는 친절을 베풀었다. 내가 복도로 나가자 담임 선생님은 다짜고짜 본론부터 꺼냈다.

"네 사정을 모르는 건 아닌데 보는 눈도 있고 하니까 삼갔으면 한다. 너, 수업료와 중식비, 그리고 방과후학교 수업료까지 지원받잖아, 인마."

'그래서 뭐 어쩌라고? 당신이 지원해 줘?'라는 말이 목까지 치고 올라왔지만 꾹 눌렀다. 그러자 다른 말이 튀어나왔다.

"석식 신청해 놓고 안 먹고 가는 애들도 있잖아요."

쪼다처럼 목소리 끝이 살짝 떨렸다.

"그럼 그 애들한테 직접 물어봐. 네 거 대신 먹어도 되냐고."

담임 선생님은 뒤도 돌아보지 않고 교무실로 직행했다. 담임 선생님이 악마처럼 보였고, 이 모든 게 담임 선생님의 자작극인 것 같았다. 교실에 들어가자 〈TV 동화 행복한 세상〉에서 가난 때문에 도시락을 싸 오지 못하는 친구들의 배를 든든하게 채워 주던 선생님의 콩나물국 이야기가 방송되고 있었다. 가난한 애들 얼굴이 행복해 보였다. 하지만 내 경우, 가난은 치욕과 이음 동의어였다. 순간 배 속에 상주하고 있는 거지를 꺼내 목을 비틀 고 싶었다.

용의자 5. 담임
자작극?

속이 안 좋아 체육 시간에 활약을 제대로 못 했다. 용의자 4만 살판났다. 체육관에서 밤새 배드민턴만 연습했는지 어제보다 자세가 한결 좋아졌고 동작도 민첩해졌다. 배가 아팠다. 그날은 우유도 석식도 못 먹었다.

야자를 끝내고 집에 도착하자마자 때가 꼬질꼬질한 매트리스에 몸을 던졌다. 심하게 삐걱대는 소리가 들렸다. 입만 열면 속에서 신음과 괴성이 마구 쏟아져 나올 것 같았다. 나는 입을 꾹다물었다. 조상님들 말씀에 참을 인 자 세 개면 살인도 면한다던데, 나같이 참을 인 자를 수백 개 보유한 사람한테는 인생의 가산점 같은 혜택 없나. 헛웃음이 나왔다.

아빠는 어디 갔을까? 습관적으로 전기밥솥을 열었다. 아침에 했던 밥이 그대로였다. 냉장고 문을 여니 김치와 김이 있었다. 웬 떡? 나는 허겁지겁 배를 채웠다. 잠이 쏟아졌다.

새벽녘, 경찰차 사이렌 소리를 화재 경보음으로 착각하고 펄떡 놀라 깨어났다. 지옥의 문으로 안내하는 악마의 연주곡 같았다. 잠은 옷자락에 붙은 가래처럼 끈적이다가 떨어져 나갔다. 베개를 집어 던졌다.

몇 달 만에 아침을 먹었다. 어제 먹던 김치와 김, 그리고 달걀부침까지. 나름 성찬이었다. 아빠는 허리 보호대를 찬 채 모로 누워 있었다. 머리맡에 놓인 보청기가 보였다. 저 몸으로 돈을 버는 모양이다. 내가 학교에 있는 동안 아빠는 무얼 할까? 실로 오랜만에 그런 게 궁금했다.

내가 용의자 파악에 난항을 겪고 있을 때 애들은 반 분위기에 빠르게 적응했다. 천사에 대해 차마 입에 담지도 못할 말들을 쏟아붓더니, 썰물에 쓸린 모래밭처럼 잠잠해졌다.

"야, 지각비!"

용의자 1은 긴말하기 귀찮다는 듯 말했다.

"오늘까지 총 만 사천오백 원!"

"아가리 닥치고 그 면상 좀 치우시지!"

나는 비속어를 남발해서 용의자 1을 물리쳤다. 용의자 1의 주둥이에서 거지발싸개 같은 빈대 새끼라고 구시렁대는 소리가 흘러나왔다. 못 들은 척했다.

난 다시 천사를 찾아 두리번거렸다. 심증은 난무한데 물증이 없다는 게 사건의 맹점이었다. 문득, 막상 천사를 찾아내면 뭐 하나, 하는 생각도 들었다. 의욕이 휘발되어 버리는 느낌. 그리고 지독한 허기가 집요하게 날 괴롭혔다.

며칠 뒤, 내 노력과는 상관없이 희소식이 날아들었다. 조회 시간에 담임 선생님이 악몽에 시달린 듯한 얼굴로 통사정을 했다.

"천사님, 제발 문자 좀 그만 날려. 내가 다 알아서 할 테니까 굳이 과잉 친절 베풀지 말라고!"

천사에 대한 찬사를 아끼지 않았던 담임 선생님이 천사한테서 등을 돌리는 신호탄이었다.

"어제는 똑같은 내용을 퇴근할 때, 저녁 먹을 때, 심지어는 잠잘 때! 이건 완전히 사생활 침해야. 스토커 수준이라고!"

담임 선생님이 목에 핏대를 세웠다. 난 전후좌우로 시선을 돌려 유심히 살폈다. 용의자들의 홍조나 안면 근육의 미세한 떨림까지 잡아내려고 애썼으나 실패했다.

정수기에 입을 대고 물 배를 채운 뒤, 학교를 벗어나기 전 화재경보기에 손을 댔다. 경보음이 요란스럽게 학교에 울려 퍼졌다. 내 배 속 거지가 울부짖는 아우성 같았다. 애들은 여전히 천하태평이었고, 차단문은 꿈쩍도 하지 않았다. 나는 화재 경보음이 울리는 학교를 향해 콧방귀를 뀌며 소리쳤다. 닥쳐!

다음 날, 담임 선생님은 어지간히 열받은 표정으로 교실 출입문을 확 열어젖혔다.

"이제는 하다 하다 누가 자습할 때 코 골고 잔다, 밥 먹을 때 새치기한다, 분필 던지기 놀이한다, 기타 등등등등등! 수신 거부 해도 안 돼. 천사는 개뿔! 사이코가 따로 없어. 긴말 안 한다. 그 만둬! 뒷일 책임 안 져."

"신고해요!"

애들이 이구동성으로 외쳤다.

"좋다. 한 번만 더 내 경고 무시하면 즉각 사이버 수사대에 의뢰하겠다."

어제 울린 화재경보기에 대한 언급은 없었다. 은근히 실망스러웠다.

천사의 실체를 규명하는 일은 침체기를 맞다가 다시 초미의 관심사로 급부상했다. 애들 사이에 연예인과 게임과 축구 이야기는 종적을 감추었고 억측이 난무했지만 이렇다 할 결론은 없었다. 사건은 점점 미궁 속으로 빠져 들어갔다.

그날 이후, 담임 선생님은 천사에 관해서는 일절 입에 올리지 않았다. 하지만 날이 갈수록 담임 선생님은 대수롭지 않은 일에 짜증을 냈다. 담임 선생님의 협박에도 천사의 친절한 신고가 지속적이었는지, 담임 선생님은 교칙이나 학급 규칙을 어기는 놈들을 귀신같이 파악하고 과하다 싶을 정도로 응징했다. 담임 선생님마저 천사의 노예로 전락하고 만 듯한 느낌이었다. 이로써 담임 선생님의 자작극이 아님은 확실해졌다.

하루 종일 용의자들의 일거수일투족을 감시했지만 별 소득이 없었다. 내 두뇌는 천사와는 달리 명석한 편이 아니었다. 그렇다면 딜렁대기 잘하고 도무지 신뢰가 안 가는 용의자 3은 제외? 하지만 확신이 안 서기는 마찬가지였다. 사건 해결에 진척이 없자 내가 무얼 하고 있는지조차 깜빡하기 일쑤였다.

야자 시간. 나는 수면을 보충했다. 비몽사몽하다가 맨 뒷좌석에 엎드려 애들의 뒤통수를 바라보았다. 저 중 하나는 악마의 탈을 쓴 천사. 눈이 감기고 난 그토록 찾아 헤매던 천사와 대면했다.

'네가 천사냐?'

'……'

'목적이 뭐냐?'

윤곽 없는 얼굴에서 어렴풋이 미소가 보였다. 온몸에 소름이 쫙 돋았다.

바지 주머니에서 휴대폰 진동이 울렸다. 아빠. 전원을 꾹 눌러 껐다. 투명 유리창으로 교실을 감시하던 담임 선생님은 검지를 까닥까닥하며 나를 불러 냈다. 휴대폰은 즉각 압수당했다.

"야자 마치고 와."

상관없는데 돌려줄 모양이었다.

오토바이 소리가 들렸다. 잠시 뒤 옆반 교실에서 함성 소리가 들렸다. 피자 냄새가 났다. 자던 애들이 벌떡 일어서 꼴딱꼴딱 침을 삼키다가 도로 엎드렸다. 스무 명 남짓한 애들 중 공부에 집중하는 애는 단 여섯 명. 이 숨 막히는 현장에선 삶이 무의미했다. 죽이 되든 밥이 되든 결단이 필요했다.

밤 9시, 야자 마치는 종소리가 들리자 교무실로 갔다. 담임 선생님은 못마땅한 표정으로 휴대폰을 돌려주었다.

"저, 사정이 생겼어요. 알바해야 되니까 야자 빼 주세요."

"이랬다저랬다, 네 맘대로 할 거면 학교는 왜 다녀? 담임은 왜 필요해? 차라리 다 때려치우고 검정고시 봐."

경력만큼 우려먹은 듯한 고리타분한 독설.

"뭐 해? 안 가고."

담임 선생님이 식어 빠진 피자 한 조각을 적선하듯 내밀었다.

교무실을 빠져나왔다. 내일 또 도전할 거다. 허락 안 해 주면 돈 달라고 말할 거다. 그래도 안 되면 내 맘대로 할 거다. 돈도 벌고 밥도 먹고 체육관도 다닐 거다. 벌주면 감사히 체력 단련하면 된다. 난 배 속 거지를 한 대 툭 치고 피자 조각을 쓰레기통에 처박았다. 후련했다.

휴대폰 전원을 켰다. 부재중 전화만 일곱 통! 발신자는 모두 아빠. 왼손으로 휴대폰 전원을, 오른손으로 화재경보기의 버튼을 꾹 눌렀다. 밤을 찢어발길 듯 경보음이 울려 퍼졌다. 전에 없던 묘한 쾌감이 밀려왔다.

터덜터덜 터널을 뚫고 가듯 집으로 향했다.

늦었지만 뒷산에 올랐다. 숨통 틔울 곳이 절실히 필요했다. 바람이 적당히 불었고 밤공기가 시원했다. 스트레칭을 하고 역기로 땀을 뺐다. 정자에 가부좌를 틀고 앉아 눈을 감았다. 경호원이 되어 조폭들을 때려눕히는 상상을 했다. 나도 모르게 씩 웃음이 나왔다.

얼마 뒤 눈을 뜨고 산 아래를 내려다보았다. 우리 동네 쪽에 불길이 치솟고 있었다. 나는 눈이 휘둥그레졌다. 실제 상황이었다. 순간, 목덜미가 서늘하고 등골이 오싹했다. 심장 박동수가 급격하게 증가했다.

집 근처는 아수라장이었다. 차들과 사람들이 뒤죽박죽이었다. 도로가 협소해 소방차 진입이 어려운 모양이었다. 난 헐레벌떡 내달렸다. 휴대폰 전원을 켜고 아빠에게 전화를 걸었다. 불통. 간이 오그라드는 것 같았다.

예상은 빗나가지 않았다. 나의 숙박업소였던 연립 주택은 화염에 휩싸여 있었다. 시꺼먼 연기도 뭉게뭉게 피어올랐다. 저 저주받은 곳을 몽땅 불 싸지르고 훌훌 떠나고 싶었던 적이 한두 번이 아니었다. 하늘이 처음으로 소원을 들어준 건가.

"내가 언제고 그 인간 대형 사고 칠 줄 알았다니까."

"가스 폭발이래잖아. 뒤질려면 혼자나 뒤지지. 또 술 처먹고 그 지랄을 했대요, 글쎄. 홧김에 불을 처지른 거고."

근처에서 아줌마 둘이 불구경을 하며 말했다.

"다친 사람은 없고?"

"왜 없어. 그 인간하고 재수 엄마 새까맣게 그을려서, 끔찍해서 말도 못 해. 재수는 목숨은 건진 모양인데, 화상이 얼마나 심한지."

나보다 어린 나이에 세상 풍파 다 경험한 재수의 떼꾼한 눈이 떠올랐다 사라졌다.

"어이구, 애가 무슨 죄가 있다고. 불쌍해서 어떡해, 쯧쯧쯧."

"그리고, 또……."

발딱거리던 내 심장이 멈추었다. 방어기제가 작동한 내 고막은 모든 소음을 차단했다. 숨을 쉴 수가 없어 미친 듯 기침을 했다. 설마 아빠도? 둔기로 뒤통수를 맞은 듯 멍하게 소방관들을 뚫고 집으로 걸어갔다. 하지만 곧 거대한 힘에 저지당하고 말았다. 울부짖으며 발버둥쳤지만 허사였다. 현기증이 일었고 비틀대던 난 그 자리에 털퍼덕 주저앉고 말았다. 눈을 감았다.

지금이 내 인생의 바닥이라고 생각했는데, 그게 아닌 모양이었다. 난 지금 더 이상 물러설 수 없는 막다른 골목이나 낭떠러지에 당도해 있었다. 형체를 알 수 없는 검은 그림자는 점점 나를 옥죄어 왔다. 난 어떡하나? 이대로 끝나는 건가? 아, 그런데 아빠는 도대체……. 나는 억울하고 화가 나서 눈을 번쩍 떴다. 막다른 골목과 낭떠러지가 눈앞에서 펑 하고 사라졌다.

서둘러 주위를 둘러보았다. 아빠는 눈에 띄지 않았다. 휴대폰 사용이 미숙한 아빠는 음성 메시지 하나 남기지 않았다. 정말 세상을 떠나 버린 걸까? 뒤늦게 소방 호스에서 뿜어져 나온 물로 화염이 차츰 잦아들고 있었다.

얼마 뒤, 누군가가 내 등을 두드렸다. 천애 고아가 된 나를 위로하려는 소방관이나 이웃들 중 한 명이라 생각했다. 난 뒤도 돌아보지 않고 고개를 떨어뜨렸다.

"수호야."

귀에 익은 음성. 천천히 고개를 돌리니 아빠가 꼿꼿하게 서 있었다. 오른손에 든 까만 봉지에 라면 두 개와 생수가 삐져나와 있었다. 한숨이 터져 나왔다. 답답함 때문인지 안도감 때문인지 분간하기 어려웠다.

아빠는 사라져 가는 불꽃을 바라보며 의미심장한 미소를 지었다. 혹시 아빠도 저 집구석이 지긋지긋했을까?

무슨 신호처럼 배에서 꼬르륵 소리가 났다. 아빠가 폐차 직전의 자동차 트렁크에서 버너를 꺼내고 있었다. 배를 채우고 나면 무슨 수가 생길 것 같았다. 세상과의 싸움에서 업어치기 한판승을 얻어 낼 수 있을 것 같았다.

물이 보글보글 끓는 소리가 들렸다. 아빠가 분말 수프와 건더기 수프를 넣고 라면을 넣었다. 라면 냄새에 배 속이 더 요동쳤다. 잠시 뒤 나는 아빠가 건네는 나무젓가락과 냄비 뚜껑을 활용해 면발을 후루룩 빨아 당겼다. 왈칵 눈물이 쏟아졌다. 아, 씨발, 라면 맛 죽인다.

엄마가 돌아왔다

저녁 무렵이었다. 살갗에 닿는 산들바람은 더할 수 없이 부드러웠고, 서산마루 위에 박혀 있는 샛별은 영롱하게 빛났다. 바람과 별에도 맛이 있다면 지금 이 순간은 잘 익은 자두 맛이 아닐까. 문득 입안에 달큰하고 새콤한 맛이 감돌았다.

학교에서 집으로 돌아와 담벼락에 기대섰다. 확실히 꿈은 아니고 생시였다. 순간 왈칵 눈물이 쏟아졌다. 기뻐도 눈물이 난다는 사실을 처음 깨달았다. 뜬금없는 눈물이 당혹스럽지는 않았다. 이런 순간에 눈물은 나오지 않고 못 배겼을 거였다. 달마중하고 있던 접시꽃이 낯선 내 모습에 고개를 갸우뚱댔다. 가까이 다가가 보니 접시꽃 넓적한 이파리에 달팽이 한 마리가 촉수를 내밀고 느리게 움직이고 있었다. 마치 달과 대화를 나누는 듯 신비로운 느낌이었다.

오늘 아침 일찍 일어나 엄마가 차려 주는 밥을 먹고 엄마가 다려 준 교복을 입고 완행버스에 올라탔다.

"안녕하십니꺼?"

나는 운전기사인 상식이 아재한테 우렁차게 인사했다.

"오랜마이네. 목소리 한번 시원시원해 좋다. 그래, 할매는 좀 우뜧노?"

한동네 살다가 읍내 버스 기사로 취직해 이사까지 간 상식이 아재는 우리 집안일을 속속들이 알고 있었다.

"뭐 맨날 천날 똑같십니더."

"아침 일찍 오데 가노?"

"학생이 학교 가지 오데 가겠십니꺼? 교복 입은 거 안 보입니꺼?"

"할매는 우짜고?"

"엄마 왔십니더."

내 입에서 '엄마'라는 말이 무방비 상태로 흘러나왔다.

"그래? 언제?"

"어젯밤에요."

나는 덤덤하게 말했지만 사실 가슴이 두 근 반 세 근 반 뛰었다. 상식이 아재는 알아먹지도 못하는 몇 마디를 웅얼거리더니, 마침 라디오에서 흘러나오는 노래를 따라 불렀다.

"태평양을 건너 대써양을 건너 인또양을 건너써라아도……

무조껀 달려갈 끼야하."

　버스는 무조건 달리지 않고 곡선 도로에서 브레이크를 밟았다가 직선 도로에서 속도를 냈다가 다음 동네에서 잠시 정차해 사람들을 태우고 또 달렸다.

　멀리 논바닥에는 아침 일찍 모내기하는 사람들이 부산스레 움직이고 있었다. 그와 반대로 왜가리는 우아한 자태로 논바닥에 주둥이를 콕콕 쪼고 있었다. 매년 왜가리의 눈부시게 하얀 깃털과 팔자가 부러워 심술이 났다. 그래서 돌맹이를 던져 평화로워야 할 식사 시간이나 명상 시간을 훼방 놓기도 했다. 하지만 오늘은 심술도 안 났고 실실 웃음만 나왔다. 예정대로라면 오늘 나는 옆집 술고래 영감탱이 집에 가 일손을 돕기로 한 터였다. 하지만 이제 사정이 달라졌다.

　드디어 논밭이나 들판이나 비닐하우스가 아닌 학교에 도착했다. 특별할 것 없는 붉은 벽돌의 사각 건물이 궁궐처럼 느껴졌다. 나는 교문의 돌기둥을 만지고, 화단의 나무를 쓰다듬고, 괜히 운동장으로 가 뜀박질을 해 보았다. 그동안 잘 있었나? 실없이 학교한테 말을 건네기도 했다.

　중앙 현관에는 못 보던 수족관이 있었다. 열대어 몇 마리가 유유히 헤엄을 치며 나를 반겼다. 반갑다, 잘 지내 보자. 인사를 건네고 계단을 밟아 올라갔다. 아, 지각하지 않고 교실에 들어선 게 얼마 만인지. 퀴퀴한 교실 냄새가 구수한 누룽지처럼 느껴졌다. 몇몇 애들은 시큰둥했고, 몇몇 애들은 '누구지?' 하는 표정이었고, 몇몇 애들만이 눈을 휘둥그레 떴다. 맨 뒤로 밀려나 있었지만, 내 이름표가 붙은 책상과 의자가 아직 그대로라는 사실에 감개무량했다.

나는 그동안 하지 못했던 청소를 만회라도 하듯 부산스레 움직였다. 물걸레를 꼭 짜 칠판을 닦고, 칠판지우개를 털어놓았다. 애들은 호기심을 잃은 듯 금방 시선을 돌렸다. 상관없었다. 나는 어깨에 힘을 주고 가슴을 쭉 폈다.

때마침 스피커에서 학교 종이 울렸다. 종소리 하나에도, 지각을 단속하는 옆반 선생님 호통 소리에도, 코가 시큰거렸다.

잠시 뒤 담임 선생님이 교실에 들어왔다.

"이게 얼마 만이냐?"

담임 선생님은 어색한 미소를 지으며 내 어깨를 가볍게 쳤다. 솔직히 말해 복잡 미묘한 표정이었지만 좋은 게 좋은 거라고 나는 그걸 환영의 뜻으로 받아들였다.

"해가 서쪽에서 뜬 건 아니지?"

여전히 선생님은 표정 관리가 잘 안 되고 있었다.

"인자 착실하게 학교 댕길 겁니더."

"듣던 중 반가운 소리다. 앞으로 지각하지 말고. 우리 반 지각비 거두는 거 알지? 8시 25분까지 안 오면 오백 원, 30분까지 안 오면 천 원. 나중에 지각비 모은 걸로 맛있는 거 사 먹을 거고.

벌 청소는 따로. 지각 연속 2회부터 벌점 1점씩 부여. 오케이?"

선생님은 교통 위반 딱지를 떼는 경찰처럼 말했는데, 그것마저 아이스크림처럼 달콤하게 느껴졌다.

"예."

"근데 칠판, 누구 솜씨냐?"

나는 슬쩍 손을 들었다.

"앞으로 칠판은 네 담당이다. 아침마다 네 상판이다 생각하고 깨끗하게 닦도록!"

나는 무슨 중차대한 임무를 맡은 것 같아 기분이 좋았다.

얼마 뒤, 담임 선생님의 조회가 시작되었다. 지각하지 마라, 쓰레기 함부로 버리지 마라, 맡은 구역 청소 똑바로 해라, 곧 지필 고사가 있을 예정이니 성적에 신경 좀 써라, 일련의 잔소리가 이어질 때 애들은 따분한 듯 고개를 숙이고, 잡담을 하고, 몇 명은 문제집을 풀었지만, 나는 선생님의 말씀을 경청했다. 그리고 절대 지각하지 말아야지, 쓰레기 함부로 버리지 말아야지, 맡은 구역 청소를 최선을 다해 열심히 해야지, 다짐하다가 공부에 이르러서는 답이 안 나와 잠시 멍 때리고 있었다. 뭘 어디서부터 어떻게 시작해야 할지 난감하기만 했다. 하지만 그것도 금방 잊고 책상을 쓰다듬고 새것이나 마찬가지인 교과서를 펼쳐 보았다. 가슴이 벅찼다.

어젯밤, 너무 설레서 잠을 설쳤다. 그래도 수업 중에 졸음이 쏟아지지는 않았다. 전학생이면 신고식을 하라는 수학 선생님의 농담이 정겨웠다. 나는 솟구치는 엔도르핀을 주체하지 못해 청소 시간에 쓰레기통까지 비우고 왔다. 애들은 눈을 홉뜨거나 고개를 갸웃대거나 콧방귀를 뀌었다.

"그냥…… 아무도 안 하길래. 더러워서."

나는 약간 주눅 든 목소리로 얼버무렸다. 그러고는 창밖으로 고개를 쑥 내밀었다. 파란 하늘에 뭉게구름이 떠 있었고, 바람에 태극기가 펄럭거렸고, 학교 담장으로 장미가 만발해 있었다. 모든 게 환영의 상징처럼 느껴졌다.

퐁당퐁당 학교에 다니다 말다 했을 때, 결석 일수가 거의 오십 일에 육박해 선생님조차 두 손 두 발 다 들었을 때, 학교 다니는 일은 내게 사치였다. 하지만 난 이제 그런 종류의 사치를 부려도 되는 모양이었다. 종일토록 엄마가 나를 배웅하면서 했던 말이 귀에 종달새처럼 지저귀었다.

"인자 암 걱정 마고 핵교나 착실해게 댕기래이."

나는 구름 위를 걷는 기분이었지만 무표정으로 일관했다.

"옴마가 있다 아이가."

엄마는 분명 그렇게 말했다. 그 말을 듣는 순간 냉돌이었던 가슴속 구들장이 군불을 지핀 듯 뜨끈뜨끈했다. 하지만 난 표정을 감추려고 무진장 노력했다. 왠지 좋은 티를 내는 건 할머니에 대한 배신 같았다.

엄마가 오기 전까진 목에 추를 달고, 발목에 모래주머니를 달고, 머리에 철모를 쓰고 마라톤 경기에 나선 것처럼 몸과 마음이 지치고 무거웠다. 하지만 오늘은 쉬는 시간, 점심 시간, 수업 시간 할 것 없이 홀가분했다. 급식 시간에는 식판이 흘러넘치도록 밥을 펐고, 밥 양을 보고 배식하는 아줌마들이 돼지 불고기를 듬뿍 얹어 주었다. 행복했다. 나한테도 이런 복이 숨겨져 있었다는 사실이 신기했고, 이런 시간이 오래 지속되면 좋겠다는 욕심이 물결쳤다.

그러다가도 언뜻언뜻 불안한 마음을 떨칠 수가 없었다. 한 번 떠났던 엄마가 두 번 떠나지 말란 법이 없었기 때문이었다. 나는 조마조마한 심정으로 집을 향해 걸어갔다. 땅거미가 지고 노을은 원추리꽃 빛깔로 물들어 있었다. 집 안은 고즈넉했다. 혹시? 심장이 벌떡대기 시작했다. 그때 할머니의 잘 알아듣기 힘든 괴성이 골목까지 퍼져 나왔고, 엄마는 쟁반을 들고 문밖으로 나왔다. 안도의 한숨이 나왔다.

담벼락에 등을 기대고 서자 벌떡대던 심장이 가라앉았다. 눈시울이 뜨거워졌다. 엄마가 설거지하는 소리는 어떤 음악 소리보다 감미로웠다. 한참을 서 있다가 별들이 밤하늘을 수놓기 시작할 즈음 마당에 들어섰다.

"학교 댕기왔십니더."

"오야, 인자 오나? 내 새끼, 밥은 묵었나?"

할머니한테 인사한 건데 엄마가 반색하며 인사를 받는 바람에 나는 우물쭈물 아무 말도 못 했다. 근데 내 새끼라는 말. 어린 시절 할머니 몰래 훔쳐 먹었던 조청 같은 말이었다. 게다가 나한테 밥걱정을 다 해 주다니. 나는 황송한 대접에 얼떨떨하기만 했다. 가출하고 싶은 거, 자살하고 싶은 거, 이 악물고 참길 참 잘했다는 생각이 들었다.

"아, 아직⋯⋯."

나는 고개를 숙인 채 죄 지은 사람처럼 말했다.

"퍼뜩 드가라. 배 고푸겠다. 후딱 채리 주께."

나는 엄마가 차려 주는 밥을 허겁지겁 먹어 치웠다. 엄마는 내 모습을 물끄러미 바라보았다. 할머니가 그 꼴을 보고 못마땅한 표정으로 헛기침을 했다. 나는 엄마와 눈도 마주치지 못했다. 엄마는 친엄마지만 새엄마나 마찬가지였다.

엄마의 야반도주는 동네에서 전대미문의 대사건이었다. 엄마는 심심풀이 땅콩처럼 동네 사람들의 입방아에 올랐다. 하지만 엄마가 가출한 직접적인 사연은 좀처럼 밝혀지지 않았다. 다만 완고하고 고지식한 할머니한테서, 스무 살이나 나이 차이가 나고 집에 붙어 있는 날도 거의 없었던 아빠한테서, 엄마는 미래를 읽을 수 없었을 거라고 짐작할 뿐이었다. 그 예측이 빗나가지 않았다면 그 당시 나는 엄마한테 미래가 되어 주지 못했던 거다.

저물녘에 꽃잎을 오므린 메꽃처럼 서글펐다.

어려서부터 동네 사람들은 내 표정이 조금만 이상해도 기꺼이 한마디씩을 건넸다.

"아예 인연 끊고 살아 삐라. 그게 속 핀타."

"에라이, 금수만도 못한!"

"우찌 사람이 돼 갖고 철부지를 내팽기치고 지만 살라꼬 그칼 수가 있노, 있기를."

"에헤이, 고마해라."

네팔 사람을 며느리로 얻은 밀양댁 할머니는 손사래를 치며 만류했다.

"뭘 고마해요. 근본도 모리고 똥구멍 찢어지게 가난한 년 델꼬 와가 믹이 주고 재와 주고 옷 해 입히고 사램 맨들어 놨는데. 평생 하늘같이 떠받들고 살아도 모자랄 판에 하이고, 천벌을 받을 끼고만. 두고 보라카이."

마흔아홉 살 먹은 노총각 아들이 있는 산청댁 할머니가 눈에 불을 켜고 덤비듯 말했다.

"누명이라 안 카나?"

"누명은 얼어 죽을 누명. 아니 땐 굴뚝에 연기 나요? 내가 헤프게 눈웃음 살살 치면서 공사판 남정네들한테 꼬리 칠 때부터 알아봤다 아이가."

"아 듣는데 몬 하는 말이 없다. 쯧쯧쯧쯧."

그쯤 되면 밀양댁 할머니는 자리를 털고 일어났다. 나는 귀머거리처럼 시침을 뚝 떼고 지나갔다.

동네 사람들은 잊을 만하면 잊고 싶은 이야기를 꺼냈고, 육두문자를 남발하는 날도 비일비재했다. 그런 말들이 나한테 위안이 될 거라 착각한 모양이었다. 밀양댁 할머니 혼자 악전고투하며 엄마 편을 들어 주었지만 역부족이었다. 나는 점점 뿔이 났다. 머리가 조금 굵어진 초딩 고학년 때는 꾸어다 놓은 보릿자루처럼 맹하게 있지 않았다.

"울 엄마 욕하지 마요!"

나는 입을 댓 발 내밀고 따졌다. 엄마에 대한 애정 때문은 아니었다. 내가 그런 형편없는 엄마한테서 태어났다는 사실을 인정하기 싫었다. 인정하는 순간 쓸쓸함과 비참함이 사태가 나듯 텅 빈 가슴에 들이닥칠 것 같았다. 어른들은 불편한 심기를 고스란히 드러냈다.

"엄마라꼬 역성드는 기가? 참말로 앵꼽아서 몬 봐 주겠다."

"대갈빡에 피도 안 마른 짜슥이 말하는 꼬라지 좀 보소."

"뭐라고 씨부리 쌌노? 불쌍하다꼬 오냐오냐 해 주니까 오데 싹퉁머리 없이 지껄이노, 지껄이길!"

동정의 눈빛으로 바라보던 어른들 몇은 배신감에 분노가 치미는지 속에 담긴 말을 다 쏟아 냈다. 나는 눈물 콧물 범벅이 된 채로 울부짖었다. 울 엄마 욕하지 마요! 울 엄마 욕하지 마요!

"옘병, 꼴값 떨고 지랄. 잡종은 오데가 달라도 다르다 카이."

산청댁 할머니가 낮게 중얼거리는 소리가 귓바퀴에 멈추었다. 그 말은 어떤 욕보다 더 뾰족한 가시가 되어 내 가슴을 후벼 팠다. 나는 그때부터 엄마를 욕하는 사람들을 속으로만 욕했다. 엄마 욕하는 할망구들 똥통에 빠져 똥독 올라 뒈져라.

내가 그런 저주를 퍼붓고 있을 때, 우리 할머니는 동네 사람들 말에 맞장구를 쳐 주었다.

"독한 년. 내 올매나 잘 사는지 두 눈 시퍼렇게 뜨고 지키볼 끼다."

배신감이 느껴졌지만 할머니한테 저주를 퍼부을 수는 없는 노릇이었다. 나는 할머니의 험담을 한 귀로 듣고 한 귀로 흘렸다. 어디까지나 할머니는 내 보호자였고, 나한테 옷을 사 주고 운동화를 사 주고 밥을 해 주었다.

내가 내린 저주는 하필이면 아빠한테 직방으로 먹혔다. 아빠는 출타 중이다가 엄마가 도망간 날부터 집으로 돌아와 허구한 날 술독에 빠져 살았다. 그러고는 내가 초등학교에 입학한 후부터 역마살이 도졌고, 소식이 끊긴 지 육 년 만에 객사했다. 똥통에 빠져 똥독에 올라 돌아가셨는지는 확인이 불가능했다.

초등학교 졸업식을 하루 앞둔 때였다. 나는 졸업식 대신 장례식에 참여했다. 어차피 졸업식에 나를 보러 올 사람도, 졸업을 축하해 줄 사람도 없었다. 지금 생각해 보니 아빠가 전국 방방곡

곡 엄마를 찾으러 다녔다는 후문은 사실이 아니었을 확률이 높았다. 아빠한테 엄마에 대한 미련이 있을 리 만무했다. 그러거나 말거나 상관없었다. 다만 아빠 역시 나한테서 미래를 읽을 수 없었다는 사실이 서글플 따름이었다.

"서방 잡아묵은 년! 똥물에 튀기 쥑일 년! 천하의 불쌍년! 갈아 마시도 시원찮을 년!"

아빠 장례를 치르는 동안 할머니는 허공에 대고 입에 담지 못할 악담을 퍼부어 댔다. 그러면 죽었던 아빠가 다시 살아 돌아오기라도 하는 것처럼 입가에 버캐가 끼도록 열심이었다. 그 후로 할머니는 끼니를 거르는 경우가 많았고 심심하면 화병이 도졌고 급기야 중풍으로 쓰러지기에 이르렀다. 할머니는 수족을 놀리기 힘들었고 입까지 돌아가 밥을 먹기도 말을 하기도 버거워했다.

나는 할머니를 지극정성으로 봉양했다. 어떻게 살아야 하는지 고민할 시간조차 없었다. 손바닥만 한 농촌 마을에서 안 해본 일이 없었다. 특히 죽은 송장도 누워 있기 미안해서 벌떡 일어나고 부지깽이도 일손을 도와주려고 날뛴다는 농번기에는 손이 열 개라도 모자랄 지경이었다. 매일매일 녹초였고 사는 게 사는 게 아니었다. 이를테면 나는 동네 머슴이었다. 어른들은 나를 막 부려 먹고 새경으로 어른 일당의 반 혹은 반의반만 주었다. 어떨 때는 곡식으로, 어떨 때는 수고했다는 말 한마디로 때웠다.

푼돈은 모이는 족족 할머니의 병원값이나 약값으로 나갔다. 동네 사람들은 입에 침이 마르도록 칭찬했다. 효녀 심청이 환생했다는 허무맹랑한 소리도 들었다. 하지만 나는 사람들이 똥개한테 던져 주는 북어 대가리 같은 칭찬이 달갑지 않았다.

중학생이 되고 몇 달 뒤, 어느 비 오는 날이었다. 밀양댁 할머니는 지나가는 나를 붙잡고 집으로 데리고 들어갔다. 세 살배기 춘기를 업은 네팔 아줌마가 나를 반기며 부추전을 구워 주었다. 옆에서 밀양댁 할머니는 단숨에 막걸리 잔을 비웠다. 그러고는 손으로 열무김치를 집어 먹었다.

"배 고푸제? 마이 묵어라."

밀양댁 할머니가 내 머리를 쓰다듬으며 말했다. 눈에 눈물이 그렁그렁했다. 마침 뱃가죽이 등짝에 붙어 있던 때라 나는 게걸스럽게 먹어 치웠다.

"천처이 묵어라, 얹힌다. 자, 자, 물."

나는 밀양댁 할머니가 건네주는 물을 마시고, 끄르륵 트림을 했다. 어느 정도 포만감이 느껴지기 시작했을 때 밀양댁 할머니가 말문을 뗐다.

"내도 자세한 거는 모리는데. 니 에미 그런 사램 아이다."

나는 엄마 이야기가 상처만 될 뿐이어서 가급적 피하고 싶었다. 그런데 그런 사람이 아니라니. 귀가 솔깃했다.

"얼매나 여린데. 내한테 친정 엄마 겉다믄서 안마해 주고, 다리 주물러 주고, 몰래 양말까지 안 사 줬나. 겡우 바르고, 어른 알고, 개미 새끼 한 마리 못 죽이는 아이가. 너무 착하믄 그런 오해를 사는 기라. 니 태어나기 전 일이다. 저짝 동구 밖에 고속도로 뚤린다고 공사 안 했나. 그때 너그 엄마, 동네 사램들 몇 멩이랑 공사판 사램들 점심 해 주고 돈 벌었다. 짓궂은 사내들이 장난치믄 말귀를 잘 몬 알아묵어서 대충 웃어넘긴다꼬 한 긴데, 사람들 헤푸게 꼬리 친다꼬 올매나 흉을 보던지. 쯧쯧쯧쯧. 믿어하지 말그래이. 그카믄 니 가심에 멍든대이. 그런 멍은 우찌 된 기 잘 빠지지도 않더라."

밀양댁 할머니는 결국 옷소매로 눈물을 찍었다. 나는 밀양댁 할머니를 말끄러미 바라보았다. 이제껏 엄마에 대해 이렇게 말랑말랑한 이야기를 해 주는 사람은 한 명도 없었다. 너 나 할 것 없이 눈에 쌍심지를 켜고 헐뜯기 일쑤였다. 엄마를 입에 올리는 것 자체를 불쾌하게 여기는 사람도 있었다. 나는 엄마의 과거를 굳이 알려고 하지 않았다. 아니 일부러 회피했다는 말이 더 적절했다. 알면 알수록 비참해지고 상처만 커질 것 같아서였다. 그런데 지금 밀양댁 할머니는 한 번도 들은 적이 없는 이야기보따리를 술술 풀어 놓고 있었다. 왠지 더 끌리고 믿음이 갔다.

"시집 와가 몇 년 동안 아를 몬 낳았다 아이가. 너그 할매 얼매나 모질게 닦달했다꼬. 집에서 키우는 개돼지한테도 그렇게는 안 했을 끼고만. 맴을 핀하게 해 조야 애가 들어서도 들어서는 긴데, 맨날 천날 지지고 볶고. 말도 안 통하는 불쌍한 아를……."

밀양댁 할머니는 빈 잔에 막걸리를 따랐다.

"너그 엄마도 그짝에서는 귀한 딸 아이었겠나? 그래도 너그 엄마 그 수모 다 전디고, 악착같이 살았다 아이가. 몇 년 안 지나가 우리말도 술술 잘하더라. 눈 깜고 들으면 진짜 겡상도 토백이 같더만. 한 삼 년쯤 됐나? 아가 들어서고, 좀 좋아지는가 싶더만은, 니 낳고부터 또 구박이……. 말도 마라. 뺑덕 에미 저리 가라였다."

밀양댁 할머니가 깊은 한숨을 푹 내쉬었다. 입에서 막걸리 냄새가 풀풀 풍겼다. 갑자기 나도 술이 고팠다.

"씨도둑질했다고, 애비하고 아하고 우찌 그리 안 닮았냐고, 딴 놈 아 아이냐꼬, 말도 안 되는 생트집 다 잡고. 그때 첨 울더마. 너그 엄마 웬만해가 안 울다만, 그때 첨 울더라꼬. 아이고, 취했나? 내가 아 붙잡고, 벨소리 다 한다."

나는 밀양댁 할머니한테 막걸리를 그득 따라 주었다. 밀양댁 할머니는 벽에 등을 기댄 채 흐트러진 머리를 매만졌다.

"아부지는 뭐 했는데예?"

"너그 아부지? 모리나? 너그 아부지 역마살이 끼가 집에 붙어 있는 날도 벨로 없었다. 그리고 너그 할매 말이라카믄 팥으로 메주를 쑨다 캐도 믿는 사람 아니었나. 나이를 똥구멍으로 처묵었는지. 쯧쯧쯧쯧."

비는 하염없이 내렸다. 엄마가 있는 곳도 비가 내리고 있을까? 엄마도 비를 보며 한숨을 안주 삼아 술을 마시고 있을까? 문득 저 먹구름을 걷어 내고 온몸에 별빛을 받고 싶다는 생각이 간절했다.

"동네 할망탕구들 말은 한 귀로 듣고 한 귀로 흘리 뿌라. 내가 만구 천 날 말해도 귓구녕이 맥힜는지 암 소용 없다 아이가."

나는 이미 밀양댁 할머니 말대로 실천하고 있었기 때문에 자신 있게 고개를 끄덕였다.

비를 맞고 집으로 걸어가는 동안 심장이 벌떡거리고 기분이 요상했다. 엄마가 불쌍했다. 자세한 내막은 모르지만 엄마는 오해를 사고 구박을 받고 천덕꾸러기로 지내다가 참다 참다 도망간 모양이었다. 그렇게 엄마가 가출한 이유는 어렴풋이 윤곽이 드러났다. 답답하고 어둡기만 했던 가슴속에 한줄기 빛이 쏟아지는 기분이었다. 엄마를 증오하고 원망하고 저주하지 않아도 된다니 천만다행한 일이었다.

학교를 다니는 둥 마는 둥 했지만, 올해 중학교 2학년으로 진급했다. 하루는 학교에 갔다 와 방문을 여니 역한 냄새가 풍겼다. 할머니가 속옷에 실례를 한 거였다. 할머니는 곧 죽어도 옷을 벗지 않으려고 죽을힘을 다해 고집을 부렸다.

"아, 제발 쫌!"

내 입에서 천둥 같은 고함 소리가 터져 나왔다. 나 스스로도 놀랐다. 그 고함 소리에 막혔던 눈물샘이 터졌는지 눈물이 줄줄 쏟아져 나왔다. 할머니는 일순 얌전해졌다. 하지만 그날부터 밥도 잘 먹지 않으려고 했다. 나는 집안일하랴 할머니 수족 노릇하랴 몸이 열 개라도 모자라 학교를 잊어버렸다. 하루가 멀다 하고 학교에서 연락이 왔다. 귀찮아서 전화 코드를 빼 버렸다.

할머니가 나를 힘들게 할 땐 어서 할머니를 데려가라고 하느님께 빌었다. 나는 왜가리처럼, 그게 안 되면 나비나 잠자리처럼, 그것도 안 되면 똥파리나 하루살이처럼 홀홀 떠나고 싶었다. 시간은 막힌 하수구에서 조금씩 물이 빠져나가듯 흘러갔다.

봄날이 막바지에 다다랐을 무렵이었다. 해거름녘, 수돗가에 쪼그리고 앉아 바가지에 쌀을 씻고 있는데, 골목에서 오토바이 소리가 요란하게 들렸다. 그리고 뽀글뽀글 파마를 한 낯선 아줌마가 주저하는 기척도 없이 마당에 들어섰다. 큼지막한 가방 하나를 들고서였다. 까무잡잡한 피부색은 어스름 때문만은 아닌 듯했다.

"어무이, 지 왔구마요."

아줌마는 시장이나 밭일을 갔다 돌아온 것처럼 말했다. 할머니한테 어머니라고 부를 수 있는 사람이라면, 혹시 엄마? 가슴이 덜컥 내려앉고 심장이 일시적으로 멈췄다. 아줌마는 나를 힐

끔 보더니,

"덕이가?"

하고 물었다. 아줌마의 입술은 미세하게 떨렸다. 천천히 고개를 끄덕이자, 아줌마는 한 치 망설임도 없이,

"옴마다."

하고 말했다. 세상에, 엄마라니. 엄마라니. 나는 감전된 듯 그 자리에 얼어붙었다.

불쑥 지난달 일이 떠올랐다. 그날도 품을 팔고 파김치가 된 몸으로 집을 향해 걸어가고 있었다. 날이 저물어 어둑발이 내리고 있었고, 나는 할머니 밥을 챙겨 줘야 한다는 생각에 발걸음을 재촉했다. 그때 버스 정류장에 막차가 잠시 머물렀고, 밀양댁 할머니가 내렸다. 나는 마음이 바빴지만 무거운 짐을 들고 비척비척 걸어오는 밀양댁 할머니를 모르는 척할 수 없었다.

"오데 갔다 오시는데예?"

"덕이가? 어, 친정 오래비네 제사 지내고 오는 질이다."

밀양댁 할머니는 뭔가를 말하려다 주저하고 또 말하려다 한숨을 쉬더니, 결국 아무 말도 꺼내지 않았다. 나는 짐 보따리를 마루에 부려 놓고 등을 돌렸다.

"덕아."

밀양댁 할머니는 나를 방으로 데리고 들어가더니 어렵게 말문을 뗐다.

"아이고, 내가 잘하는 짓인지 모루겄다."

"뭐 말입니꺼?"

"그라니까 그기……, 저……, 내 밀양 갔다가 니 에미 봤다."

심장이 쿵 떨어졌다.

"너그 엄마가 만낸 거 절대로 말하지 말라꼬 신신당부를 했는데……. 어휴, 내가 다 말해 삐맀다. 너그 애비 세상 베린 거하고, 할매 풍 걸린 거하고, 그라고 니 핵교도 몬 댕기고 할매 병수발 든다꼬 쌩고생하고 있는 거하고, 다. 너그 엄마 암 말 안 하고 눈물만 흘리더라. 내한테 차비하라꼬 돈 쥐여 주고, 싫다 카는데 억지로 내 호주머니에 찔러 넣고, 오도바이 타고 쌩 가 삐데. 어데 식당에서 일하는 모냥이더라. 자, 이 돈 니가 받아라."

"됐십니더. 지, 고마 가 보께예."

몸이 휘청거렸다. 나는 가까스로 밀양댁 할머니의 손을 밀어내고, 뒤돌아 뛰었다. 바로 집으로 돌아가지 않고 사람들 눈을 피해 동네를 몇 바퀴나 돌았다. 하늘을 향해 수없이 한숨을 뿌렸다. 별들은 내 한숨을 먹고도 반짝반짝 빛났다. 간신히 정신을 수습하고 집으로 돌아왔다. 그날, 할머니한테 늦은 저녁을 먹이다가 할머니의 불뚝성을 다 받아 내야 했다. 그리고 엄마를 생각하느라 날밤을 꼬박 새웠다.

그랬는데, 드디어 내 눈앞에 엄마가 나타났다. 지난 한 달 동안 엄마의 마음은 얼마나 복잡했을까. 어쨌든 그렇게 십여 년 만에 소원이 이루어졌다. 골백번도 더 바라고 바라던 일이었다. 나는 코흘리개 때부터 죽자고 한 가지 소원만 빌었다. 엄마가 돌아오게 해 주세요. 엄마랑 함께 살게 해 주세요. 크리스마스 때마다 산타 할아버지한테, 제사 때마다 조상님들한테, 휘영청 보름달이 뜨면 달님한테, 별똥별이 떨어지면 별님한테, 두 손 꼭 모으고 눈 질끈 감고 구구절절하게 소원을 빌었다. 며칠 전에도 별똥별님한테 소원을 빌었다. 그랬더니 이렇게 덜컥 소원이 이루어진 것이다. 예지몽을 꾸지도 않았고 아침에 까치가 울지도 않았다.

눈시울이 뜨거워지더니 이내 눈물이 주르륵 흘렀다. 엄마도 눈물을 흘렸다. 우린 멀찍이 떨어진 채로 한참을 울었다. 뒤늦게 인기척을 느낀 할머니가 안간힘으로 문을 열어젖혔다. 모자 상봉 장면을 목격한 할머니는 죽을힘을 다해 목에 핏대를 세웠다.

"네 이녀! 에미느 누가 에미고! 내지러다고 다 에미가!(네 이년! 에미는 누가 에미고! 내질렀다고 다 에미가!)"

엄마는 아무 말 없이 손으로 코를 팽 풀었다. 그러고는 마루에 가방을 내려놓고 수돗가로 가 한 바가지 물을 떠 마셨다.

"화냐녀! 가래이 찌지 주일 녀! 처버바드 녀!(화냥년! 가랑이 찢어 죽일 년! 천벌받을 년!)"

할머니는 금방이라도 가래가 튀어나올 듯한 목소리로 소리쳤다. 엄마는 수돗가로 가 내가 하던 일을 대신했다. 할머니는 엄마의 무반응에 노발대발했으나 이미 종이호랑이였다.

나는 엄마의 눈부신 손놀림을 구경만 하고 있었다. 엄마는 전기밥솥에 쌀을 안친 후, 뚝배기에 쌀뜨물을 붓고 된장을 한 숟갈 풀고 멸치 한 줌을 넣은 뒤 감자와 두부와 호박을 썰어 넣고, 보글보글 된장찌개를 끓였다. 그러고는 뒤란 쪽에서 푸성귀를 몇 가지 뜯어 오더니 조물조물 겉절이를 만들었다. 할머니를 위한 특식도 준비했다. 나는 오감을 자극하는 냄새에 침이 꼴딱꼴딱 넘어갔다. 엄마는 그렇게 자연스럽게 본래 자리로 복귀했다.

"밥 묵자."

엄마 말에 나는 상을 들고 방으로 들어갔다. 진수성찬이었다. 맛은 또 어찌나 예술인지. 할머니는 허겁지겁 먹어 대는 나를 향해 눈을 부릅떴다. 밸도 없는 놈이라고 호통치는 듯했다. 나는 슬쩍 숟가락을 놓았다.

"와? 맛없나? 쪼매만 더 묵어라."

엄마의 말에 난 대꾸도 못 하고 할머니 눈치만 보고 있었다. 할머니는 서슬 퍼런 눈으로 엄마를 쩨려보았다. 나는 엄마 몰래 엄마를 뚫어지게 바라봤다. 어렴풋이 동남아 쪽이라고 들었는데 생각보다 피부색이 많이 까무잡잡했다. 상대적으로 눈 흰자위와 치아가 유난히 하얘 보였다.

"고마 화 부이소. 건강에 안 좋아예. 자, 자, 아, 해 보이소."

엄마가 숟가락에 미음을 떠 후후 분 뒤 할머니한테 말했다. 나는 억양은 약간 부자연스러워도 거의 완벽에 가까운 경상도 사투리를 구사하는 엄마를 신기한 듯 바라보았다. 할머니는 자유롭지 않은 손으로 힘겹게 숟가락을 내동댕이쳤다.

"든 자리는 모라도 난 자리는 안다 카던데, 어무이 지 안 보고 자파쎄요?"

"저, 저, 저, 저, 주디르 고마 콱 찌지 비기다!(저, 저, 저, 저, 주둥이를 그만 콱 찢어 버릴 거다!)"

"어무이, 한나도 안 벼했네. 목구머이 포도처이라꼬 일단 식사부터 하이소. 마이 묵고 퍼뜩 벵 낫아야지 지 머리채래도 잡아끌 수 있다 아입니꺼?"

엄마는 그렇게 말하고 걸쭉한 웃음을 흘렸다. 한국 속담을 능수능란하게 써먹는 거 보면 예사롭지 않아 보였다. 할머니는 눈을 희번덕이며 숨을 할딱거렸다. 자칫 상까지 엎을 기세였다.

"저, 저, 저, 저……."

할머니는 목구멍에서 더 이상 엄마를 모욕할 욕이 안 튀어나오자 눈알만 부라렸다. 저러다가 눈알이 튀어나오거나 숨이 넘어가지는 않을까 심히 걱정스러웠다. 나는 가까스로 할머니를 진정시키고 엄마한테 말했다.

"비켜요!"

나는 퉁명스럽게 말하며 엄마와 할머니 사이를 비집고 들어갔다. 힘을 너무 많이 주었는지 엄마가 옆으로 넘어졌다. 고의가 아닌데 엄마가 오해할까 봐 마음이 쓰였다. 내가 어정쩡한 자세로 한참 망설이기만 하자 엄마가 자리를 털고 일어났다.

"할매, 아, 해 봐. 제발."

할머니는 어린애처럼 입을 꾹 다물었다. 안색이 아까보다 밝았다.

"어이그, 고집불통! 그라믄 내도 안 묵는다. 그래도 좋나? 일 열심히 해가 배고파 죽겠지만 안 묵으믄 굶어 죽기밖에 더 하겠나?"

할머니는 힘도 없는 손으로 내 등짝을 때리며 눈을 부라렸다. 애걸복걸하는 것도 협박도 안 통했다. 이럴 때를 대비한 비장의 무기. 나는 할머니 귀에 대고 속삭였다.

"누가 뭐래도 내는 할매 편이다."

할머니는 그제야 꾹 다문 입술에 힘을 풀었다. 나는 할머니 입 속으로 미음을 넣었다.

"우리 할매 잘 묵네. 맛있제?"

할머니가 눈을 흘기며 슬쩍 웃었다.

"하이고, 달님도 밝다."

바깥에서 엄마의 한숨 같은 말소리가 들렸다. 할머니는 미음 그릇을 깨끗이 비웠다.

오랜만에 저녁 산책을 나섰다. 꾸왁꾸왁 개구리 울음소리가 귓속으로 파고들었다. 할머니들은 마을 회관 앞 팔각정에 앉아 뒷담화 삼매경에 빠져 있었다. 엄마의 귀향을 영 못마땅해하던 할머니들은 소리를 낮추어 내 의중을 물어왔다.

"내 겉으믄 꼴배기 싫다고 당장 쫓가냈을 낀데."

"이 칠푼아, 팔푼아. 뭐가 좋다고 칠렐레팔렐레고?"

"니가 정에 마이 굶주렜는갑다. 쯧쯧쯧쯧."

그러거나 말거나 나는 바보처럼 웃음만 흘렸다. 실성을 했나, 하는 말을 들어도 웃음이 나왔다. 아닌 게 아니라 정말 실성이라도 한 것 같았다. 밀양댁 할머니 얼굴엔 미소가 한가득이었다.

원망이나 증오의 감정이 없었다면 그건 거짓말이었다. 어린 시절, 불알친구 진구가 자기 엄마한테 나 보란 듯이 과장된 애정 표현을 하거나 너는 엄마도 없잖아, 하고 삐길 때마다 나는 엄마가 금의환향해 진구의 들창코를 아주 납작하게 만들어 주면 좋겠다고 하느님한테 떼를 쓰듯 기도했다.

그러다가 문득문득 내 처지가 한심하고 불쌍했다. 복잡한 건 싫었다. 복잡한 걸 생각할 수도 없었다. 그럴 시간 있으면 잠시 눈을 붙이는 게 나았고, 다음 날 할 일을 미리 해 두는 게 나았다.

1. 엄마가 있는 게 낫다.
2. 엄마가 없는 게 낫다.

1. 엄마가 돌아오는 게 낫다.

2. 엄마가 영영 안 돌아오는 게 낫다.

    나는 스스로 문제를 내고 풀기도 했다. 정답은 모두 1번이었고, 엄마의 귀향은 쌍수 들어 환영할 일이었다. 내 선택을 산타할아버지나 조상님이나 달님이나 별님이 채점했는지 엄마가 돌아왔다. 이제 다음 질문을 던져야 할 시점이었다.

1. 엄마랑 잘 지내는 게 낫다.
2. 엄마랑 남처럼 지내는 게 낫다.

    선택의 기로에 섰지만 사실 고민할 가치도 없었다. 답은 1번. 엄마가 돌아온 뒤, 눈을 감고 있어도 세상이 환했다. 이대로 공동묘지를 간다고 해도 하나 겁날 것 없을 것 같았다.
    '엄마, 엄마, 엄마…….'
    얼마나 불러 보고 싶었던 이름인가.
    나는 홍길동과 다른 경우로 아빠는 없고 엄마를 아직 엄마로 못 불렀다. 설령 1번처럼 마음먹는다고 해도 하루아침에 모든 문제가 해결되는 건 아니었다. 여전히 엄마와는 서먹했고, 눈을 마주치는 것도 말을 꺼내는 것도 큰 용기가 필요했다. '엄마'라는 말은 지금 이 순간, 세상에서 제일 입 밖에 내기 힘든 말이되어 버렸다. 홍길동 마음은 물론, 대밭에서 임금님 귀는 당나귀

귀라고 외치던 두건장이의 심정까지 십분 이해하고도 남았다.

　일주일이 훌쩍 흘렀다. 시간은 꼬리 잘린 도마뱀처럼 달음질
쳤다.

　할머니는 엄마가 해 주는 밥을 꼬박꼬박 먹었다. 짜다, 싱겁
다, 맵다, 달다, 쓰다, 타박 안 한 적이 없지만 너끈히 공기를 다
비워 냈다. 식욕이 늘자 푸석했던 얼굴에 윤기가 났다. 하지만
할머니는 접시 물에 코 빠뜨리고 죽는 한이 있어도 엄마를 며느
리로, 내 엄마로 인정하지 않을 태세였다.

　동네 사람들은 그동안 엄마가 어디서 굴러먹고 살았는지에
대해 의혹의 시선을 거두지 않았다. 엄마는 예전에 그랬듯이 동
네에서 공식적인 왕따가 되었다. 할머니들은 틈만 나면 엄마를
향해 눈총을 쏘아 댔다. 나는 그 눈총의 위력이 할머니들의 치아
처럼 점점 빠져 없어질 거라 생각했다.

　한편 엄마는 이미 그 정도는 각오했다는 듯이 입을 꾹 다물고
소처럼 억척스럽게 일만 했다. 할머니들은 네팔 아줌마에게 필
요 이상 친절을 베풀었다. 하지만 네팔 아줌마는 눈치 없이 엄마
랑 친구가 되어 주었다. 그 눈치 없음이 네팔 아줌마 아들 춘기
처럼 순수하고 따뜻했다. 가끔 밭고랑을 매면서 둘이 키득대는
걸 목격한 적도 있었다. 엄마는 바지런히 밭을 일구고 씨앗을 뿌
렸다. 천하무적 같았다. 내가 거들라치면 엄마는 손사래를 치며

만류했다.

"공부해기도 힘드 낀데."

나는 그 말을 듣고 엄마한테 미안했다. 수업 시간에 듣는 선생님 말씀은 농담을 제외하고는 외국어처럼 낯설었다. 숫제 하얀 건 종이고 까만 건 글씨였다. 열심히 귀 기울일수록 머릿속이 엉키는 느낌이었다.

날이 우중충했지만 오늘도 기분은 맑음이었다. 흐릴 이유가 없었다. 아무 걱정 없이 학교만 착실하게 다니면 되는 일은 식은 죽 먹기였다.

"자, 용도이대이."

엄마는 교복에 묻은 비듬을 털어 주며 한 달에 한 번 용돈까지 주겠다고 했다.

"됐어요!"

또 말이 속마음과는 달리 싸가지 없게 툭 튀어나왔다. 게다가 엄마 손을 민다는 게 툭 치는 꼴이 되어, 만 원짜리 지폐는 팔랑팔랑 바닥에 떨어졌다.

"그라지 말고 넣어 도라."

엄마는 전혀 무안해하지 않고 지폐를 주워 내 주머니에 구겨 넣고 부엌으로 갔다. 그러고는 뒤돌아서서 목청 좋게 말했다.

"애끼 쓰지 말고 사고 싶은 거 있으믄 사거래이. 정 쓸데엄스믄 저금해든가. 돼지 저금통 하나 사 주까?"

돼지 저금통 사는 게 꿈인 적도 있었다. 진구는 날이면 날마다 자랑하던 돼지 저금통의 배를 갈라 나이키 운동화를 샀다. 나도 신은 지 몇 달 만에 밑창이 덜렁거리고 본드로 붙여도 하루 만에 덜렁거리는 싸구려 운동화 말고 메이커 운동화를 갖고 싶었다. 하지만 이제 그 꿈은 충분히 실현 가능한 꿈이라고 조심스럽게 예측해 보았다.

"얼어 죽을. 이자 와 갖고 에미 노르하라꼬? 지가 도이 이시마 오매나 이다고 유세고, 유세가!(얼어 죽을. 이제 와 갖고 에미 노릇 하려고? 제가 돈이 있으면 얼마나 있다고 유세고, 유세가!)"

할머니가 눈꼴 시어 못 봐 주겠다는 표정으로 큰소리쳤다. 하지만 내가 보기에 할머니 말은 에프킬라에 취한 파리처럼 비실비실했다. 엄마는 피식 웃음을 터뜨렸다. 그게 더 할머니를 자극했음은 물론이었다. 할머니와 엄마의 기 싸움은 대개 엄마가 죽을죄를 지었다는, 진정성 없는 사죄의 말로 매듭지어졌다.

학교에 도착했다. 나는 선생님들한테 큰 소리로 인사했다. 그냥 무시하고 지나치는 선생님도 있었지만 인사한 걸 후회하지는 않았다. 애들은 나를 외계인 보듯 이상한 눈초리로 쏘아보았다. 조회 시간에 담임 선생님은 항상 먼저 인사하는 습관을 들이라고 강조했다. 그리고 그 말은 지당하신 말씀이었다.

교실에 들어오자마자 나는 칠판지우개로 칠판을 닦았다. 분필 조각을 쓰레기통에 버리고 칠판지우개를 탈탈 털었다. 그러고는 뿌연 칠판을 물걸레로 다시 닦았다. 깨끗했다. 흡사 마음에 묻은 얼룩들이 싹 지워지는 느낌이었다. 나는 칠판 닦는 게 좋아졌다. 하지만 애들은 나에 대해 수군덕댔고 나를 노골적으로 배척하기 시작했다. 기죽을 필요 없었다. 엄마처럼 나도 다른 사람 눈치 안 보고 내 할 일만 열심히 할 생각이었다.

담임 선생님은 일주일에 한 번 출처 불명의 명언을 낭독해 주었다. 오늘이 그날이었다.

"꿈이 없는 십 대는 틀린 문장의 마침표와 같다."

오, 아름답고 멋진 말이었다. 나는 가슴에 아로새기기 위해 선생님한테 요청했다.

"쌤요, 한 번만 더 말씀해 주시믄 안 됩니꺼?"

"왜?"

"적을라꼬요."

"녀석, 참. 그럼 그럴까?"

담임 선생님은 내 요구가 싫지 않은 모양이었다. 목소리를 가다듬더니 아까 그 말을 토씨 하나 틀리지 않고 반복했고, 나는 경탄해마지 않았다. 나는 잠시 평생 한 번도 가져 본 적이 없는 꿈을 생각해 보았다. 엄마랑 함께 살게 해 달라는 것과 돼지 저금통을 갖게 해 달라는 것 말고, 진짜 장래 희망.

아, 근데 모르겠다. 그럼 지금 내 인생은 틀린 문장에 마침표를 찍은 걸까. 고민하고 있을 때 애들로부터 구긴 가정 통신문

뭉치 세례를 받았다. 몇몇은 깨끗한 칠판에 분필로 낙서를 하거나 분필을 부러뜨려 나를 향해 던졌다. 담임 선생님은 이미 나간 뒤였다.

"하지 마!"

내 말에 애들은 단체로 낄낄거렸다. 그런데 딱 한 명은 그냥 나를 보고만 있었다. 나랑 눈이 마주치자 금방 엎드렸다. 내 앞에 옆에 앉는 민창이라는 애였다.

급식 시간에 누군가 실수였다며 나를 툭 치는 바람에 교복 바지에 짜장이 묻었지만 실수는 누구나 다 하는 거니까, 생각하고 그냥 넘어갔다. 밥을 먹으면서, 집에 가는 길에, 민창이가 내내 머릿속에서 떠나지 않았다.

집에 도착하니 할머니가 마루에 혼자 힘으로 앉아 있었다. 엄마가 매일같이 한의원에 모시고 가 침을 맞힌 결과였다. 엄마의 손길을 거치면 모든 문제가 척척 해결되었다. 나는 엄마가 영원히 내 곁에 있어 주길 간절하게 바랐다.

맛있는 저녁을 먹고 마당에 나와 달을 보고 기지개를 켰다. 장독이 풍만한 몸체를 드러내고 달빛을 받아 빛났다. 문득 할머니가 중풍에 걸리기 전 장독에 정한수를 떠 놓고 손바닥을 싹싹 빌던 일이 떠올랐다. 할머니는 말로는 먼저 세상 버린 아빠가 극락에 가라고 비는 거라고 했다. 하지만 지금 이 순간 그 말이 거짓이 아니었을까, 하는 생각이 들었다. 할머니는 나 죽으면 저 녀석 어떡하나, 하는 걱정을 입에 달고 살았기 때문이었다. 방에서 할머니와 엄마가 투덕대는 소리가 들려왔다. 문득 그 소리에서 따듯한 체온이 느껴졌다.

이튿날 아침이었다. 든든하게 아침을 먹고 학교에 갔다. 발걸음이 가벼워서 걷는 것 같지도 않았다. 여전히 꿈만 같았다.

교실은 돼지우리를 연상케 했다. 특히 칠판은 온통 낙서투성이였다. '사장님 나빠요.', '불법 체류자!' 같은 말이 적혀 있었다. 순간 울컥해서 낙서한 녀석들 얼굴에 칠판지우개를 털고 싶었다. 혹시 내가 혼혈이라서 짓궂게 구는 걸까. 진구는 단 한 번도 내 피부색이 다른 사람들보다 까맣다고 놀린 적이 없었다.

문득 초등학교 때 있었던 일 하나가 떠올랐다. 담임 선생님이 다문화 관련 수업을 하다가 나를 콕 찍어 피부색이 다르다고 따돌리지 말고 사이좋게 지내라는 쓸데없는 소리를 했다. 그 바람에 쉬는 시간에 애들은 나를 빙 둘러싸고 볼을 꼬집고 엉덩이를 발로 찼다. 겁먹은 나를 손가락질하며 깔깔거렸다. 진구는 그중 한 놈을 골라 쌍욕을 하며 얼굴에 주먹을 날려 코피를 터뜨렸다. 그때 깨달았다. 나는 그렇게 취급받을 이유가 없다는 사실을.

지금도 그 생각에는 변함이 없었다. 피부색이 다른 건 죄가 아니었다. 그걸 죄라고 생각하는 치졸한 새끼들과는 나도 상종하기 싫었다. 나는 초딩 때 그랬던 것처럼 자발적인 왕따가 되기로 결심했다. 갑자기 도시로 유학 간 진구가 미치도록 보고 싶었다. 이따가 전화나 한 통 해야겠다고 생각했다. 할 말이 많았다.

나는 칠판 쪽으로 걸어갔다. 칠판지우개가 없었다. 물걸레도 없었다. 나는 교무실 앞 청소 도구함에서 물걸레를 가져와 칠판을 닦았다. 칠판을 닦는 와중에도 어떤 녀석이 분필로 낙서를 했다. 나는 실수를 가장하고 녀석의 손을 걸레로 훔쳤다.

"아, 새끼! 더럽게."

"미안."

그 애가 내 멱살을 잡으려는 순간 담임 선생님이 들어왔다.

"무슨 일이야?"

나는 뒷머리를 긁적이며 장난친 거라고 눙치고 청소를 마무리지었다. 담임 선생님은 미심쩍은 눈초리로 우리를 한참 째려봤다. 녀석은 십년감수했다는 표정을 지으며 자리에 앉았다.

아침 독서 시간이 끝났다. 담임 선생님은 주번을 시켜 돼지우리를 청소시킨 뒤 간단하게 조회를 했다.

"이제 수학여행이 한 달 앞으로 다가왔다. 벌써부터 장기 자랑 준비한다고 분위기 어수선하던데, 그 전에 지필 고사 있다는 거 명심하고."

애들이 환호성을 지르다가 갑자기 한숨을 쉬었다.

"참, 용덕이는 교무실로."

나는 담임 선생님을 따라 교무실로 갔다. 수학여행. 네 글자가 심장을 요동치게 만들었다. 정말 꿈에 그리던 일이었다. 나는 이제껏 그 흔한 소풍 한번 가 본 역사가 없었다. 할머니를 모시고 읍내 장에 가면 가끔 외면하고 싶은 장면을 목격할 때가 있었다. 현장 체험 학습을 간답시고 교복을 맞춰 입고 줄을 서서 어딘가로 바삐 걸어가는 또래 애들. 그런 날은 할머니가 말을 걸어도 입을 꾹 다물었다.

"이렇게 될 줄 알았으면 신청할 걸 그랬다. 지금 다른 애들은 수학여행 경비를 다 낸 상태고 너는 지금 정원으로 안 잡혀 있어서, 꽤 문제가 복잡해질 것 같은데. 몇 달 전에 내가 너희 집으로 전화했던 거 기억나지? 그때 너, 분명히 안 간다고 했다."

기억이 났다. 잘못 걸었다고 말하려고 했는데, 실수로 통화했다. 그땐 그게 기정사실이었지만 지금은 상황이 변했다.

"지금 의사를 분명하게 밝히면 방법을 찾아볼게."

"내일…… 말씀드릴게요."

나는 몇 달 전에 나누어 주었다는 가정 통신문을 받아 들고 교무실을 나왔다. 가슴이 뛰었다.

점심시간이었다. 가정 통신문을 다시 보니 여행 경비가 삼십만 원에 육박했다. 구경도 못 해 본 돈이었다. 혼자 밥을 먹고 난 뒤, 교실로 돌아와 엄마한테 어떻게 이야기를 꺼낼까 궁리하고 있었다. 그때 누군가가 껄렁대며 다가왔다. 명찰에 '홍명호'라고 적혀 있었다.

"야, 졸라 잘난 척하는 김용덕! 필리핀? 베트남? 캄보디아? 어딘지 모르지만 너그 나라로 당장 꺼져, 새꺄. 여긴 니 겉은 찌질이가 있을 데가 아이다. 알겠나?"

처음 건네는 말치곤 불량스럽기 그지없었다.

"니, 뭐 잘못 묵었나?"

"이 새끼 완전 골 때리네. 보다 보다 니 겉은 새끼는 첨 본다. 니 담탱이 꼬붕이가?"

"무신 말을 그리 싸가지 없이 하노? 쌤한테 담탱이가 뭐꼬, 담탱이가."

"븅신. 좋은 말 할 때 조용히 찌그러져 있어래이. 재수 없게 나대지 말고."

명호는 말을 참 병신같이 했다. 나는 조금도 망설이지 않고 맞받아쳤다.

"내 맘이다, 와? 그리고 입은 비뚤어졌어도 말은 바로 해라. 여기가 우리나라다. 내 나라라꼬. 근데 내가 가긴 어델 가노? 이 병신아!"

"아, 빡 돌겠네."

명호가 손바닥으로 자신의 이마를 탁 때렸다. 그러고는 주먹을 쥐고 험상궂은 얼굴로 가까이 다가왔다. 그때 다른 애가 다가와 명호의 어깨를 붙잡더니 둘이 어깨동무를 하고 복도로 나갔다. 문득 쓸쓸하고 한편으로 명호가 부럽다는 생각이 들었다. 또 진구가 보고 싶었다. 집에는 엄마가 있고, 나는 학교만 착실하게 다니면 된다. 그렇게 자기 최면을 걸며 마음을 다독였지만 별무 소용이었다. 혼자 등하교하고 혼자 급식을 먹고 혼자 화장실을 가고 혼자 특별실로 이동하는 일은 좀처럼 적응되지 않았다. 엄마가 돌아오기 전에는 엄마만 돌아오면 간이고 쓸개고 다 빼 줄 것처럼 소원을 빌었지만, 막상 엄마가 돌아오자 또 다른 욕심이 눈치 보며 대가리를 내밀기 시작했다.

나는 자연스레 민창이라는 애를 바라보았다. 민창이는 조용했고 주로 책상에 앉아 있기만 했다. 아무도 그 애한테 말을 붙이지 않았다.

민창이한테 먼저 말을 건 건 다소 우발적인 행동이었다. 급식 시간이 되자 애들은 후닥닥 뛰쳐나갔고, 민창이는 그냥 그 자리에 엎드려 있었다. 민창이는 거의 하루 종일 엎드려 있었고, 아무도 그 애를 깨워 주지 않았다.

"같이 밥 묵으로 가자."

민창이는 미동도 하지 않은 채 어리둥절한 표정을 지었다.

"와 그리 보노? 내 얼굴에 뭐 묻었나?"

민창이는 눈이 점점 게슴츠레하게 변하더니 다시 엎드렸다. 우연히 고개를 돌려 칠판을 보니 뿌옜다.

"아니믄 칠판이나 같이 닦을래? 깨끗하게 닦으믄 기분 디따 좋다."

나는 민창이를 흔들어 깨우며 말했다.

민창이는 예의 그 표정으로 나를 보다가 또다시 엎드렸다. 나는 민창이를 다시 흔들어 깨웠다.

"혹시 니도 내 혼혈이라꼬 깔보나? 똑바로 말해라."

민창이는 눈을 끔뻑끔뻑할 뿐 좀체 입을 열지 않았다.

"진짜 그렇다믄 치아 뿌라. 나도 그딴 놈하고는 친구하기 싫다."

"그런 거 아닌데……."

민창이는 고개를 흔들며 느릿느릿 말했다. 민창이가 말하는 걸 처음 들었다.

"그람 됐다."

기분이 째지게 좋았다. 나는 혼자 칠판을 닦았다. 콧노래가 절로 흘러나왔다. 이내 뿌옇던 칠판은 본래 색깔을 되찾았다. 문득 민창이의 본래 색깔은 어떤 색인지 궁금했다.

나는 오늘도 혼자 급식을 먹고 혼자 교실로 돌아왔다. 창밖을 보니 날이 꾸물꾸물했다. 애들은 방금 밥 먹고 또 삼삼오오 모여 매점에서 빵이나 아이스크림을 사 먹었다. 무심코 주머니에 손을 넣어 보니 엄마가 넣어 준 지폐가 만져졌다. 나는 민창이를 바라보았다. 조만간 아주 요긴하게 쓰일 것 같았다.

수업이 끝난 뒤, 혼자 교문을 벗어났다. 언제나 그렇듯 몇몇 사람들은 나를 힐끔거리며 지나쳤다. 그래도 예전보다 많이 나아졌다. 몇 년 전엔 나를 신기한 듯 보고 가다가 툭 튀어나온 보도블록에 걸려 엎어진 사람도 있었다. 그들에게 난 눈요깃거리겠지만 이제 그런 건 아무렇지도 않았다. 난 주눅이 들 이유가 전혀 없었다.

갑자기 후드득 장대비가 쏟아졌다. 비가 와도 비설거지를 할 필요가 없다는 사실에 안도했다. 엄마가 돌아오기 전에는 비가 싫었다. 비가 오는 날은 하루 종일 오줌 싼 이불을 덮고 누운 것처럼 기분이 축축하고 꿉꿉했다. 하지만 이제는 달랐다. 나는 비를 맞고 천천히 걸었다. 가로수가 제비 새끼처럼 초록빛 입을 쫙쫙 벌리며 비를 받아 먹고 있는 듯했다. 그리고 나 역시 한 그루 나무가 된 것 같았다. 그런 상상을 하며 민창이를 떠올렸다. 민창이와 함께 칠판을 닦고 밥을 먹고 가끔 같이 비를 맞으면 좋겠다는 생각이 들었다. 수학여행을 가게 된다면 나도 민창이도 혼자일 테니까 서로 옆자리에 앉을 가능성이 높았다. 그러면 또 먼저 말을 걸어 봐야겠다.

버스가 동네 어귀에 멈추었다. 먼지로 뒤덮였던 이파리들이 반들반들 윤이 났다. 비를 쫄딱 맞고 집에 도착하자마자 비가 그쳤다. 산 아래 깔려 있던 긴 구름 띠가 서서히 하늘을 향해 올라갔다.

나는 수건으로 머리를 닦고 옷을 갈아입었다. 그때 할머니 방에서 요란스러운 소리가 들려왔다. 급히 문을 여니 엄마는 아귀다툼을 벌이면서 할머니를 목욕시키고 있었다. 방바닥은 흥건한 물과 세면도구와 벗어 놓은 옷가지들로 난장판이었다. 할머니는 연신 불뚝성을 내며 땀범벅이 된 엄마를 때렸다. 엄마는 맞으면서도 싱글벙글거렸다. 뭐가 그리 신나는지 노래까지 불렀다.

"태피양을 건너 대서양을 건너 인도양을 건너서라도…… 무조건 달려갈 꺼어야."

얼마 전, 상식이 아재가 버스 운전을 하며 부른 노래였다. 엄마는 나를 버리고, 아니 이 표현은 쓰지 말자, 엄마는 집을 나간 뒤 앞만 보고 무조건 달려갔을까? 무엇을 향해? 이곳을 향해? 내가 있는 곳? 그게 진실인지 나 혼자만의 착각인지 모르지만 가슴이 뭉클했다.

"아유, 새색시가 따로 엄꼬마요."

엄마 말마따나 목욕을 끝낸 할머니는 정말 예뻤다. 그러고 보니 머리칼에 염색까지 했는지 성성하던 백발은 온데간데없고 숯덩이처럼 새까맸다. 게다가 잘 익은 복숭아처럼 발그레한 볼은 옆집 홀아비 영감탱이가 본다면 홀딱 반할 만했다.

"지랄 안 하나. 눈깔 뺐는갑다. 아니믄 새파랗게 젊은 기 노망이라도 났나?"

할머니는 성질 사나운 암고양이처럼 흰자위를 보이며 말했다. 할머니의 입이 제자리를 찾자 발음도 정확해졌다. 가끔 대소

변을 실수하는 것 말고는 몸도 거의 정상을 회복했다.

"할매, 말 쫌 곱게 해라."

내 핀잔에 할머니는 입을 삐죽댔지만 더 이상 아무 말도 하지 않았다.

머릿속은 수학여행으로 꽉 차 있는데 도무지 입이 떨어지지 않았다. 한숨이 푹푹 나왔다. 갑자기 어디선가 구린내가 풍겼다. 잔뜩 찌푸린 할머니의 표정으로 보아 할머니가 또 실수를 한 모양이었다.

"쪼매 나가 있어라."

엄마 말에 나는 엉거주춤 일어서서 밖으로 나갔다. 먹구름 새로 달이 환하게 빛나고 있었다.

"다 필요없다. 내가 니깟 년 이칸다고 고마버할 줄 아나!"

내가 밖에 나가 있는 사이 엄마와 할머니가 몸싸움을 벌이는 소리가 들렸다.

"속에 천불 나가 캑 꼬꾸라지는 꼬라지 볼라카나?"

할머니의 불호령에도 엄마는 고집을 꺾지 않았다. 순간 찰싹! 소리가 들렸다. 엄마가 뺨을 맞은 모양이었다. 나는 간이 덜컥 내려앉았다. 엄마가 또 못 살겠다고 달아나 버리는 건 상상만으로도 끔찍했다. 침묵이 오래갔다.

"어무이, 손바닥 힘이 하나도 엄네. 옛날에는 징그럽게도 맵더만."

이 말은 엄마가 예전에 할머니한테 맞고 살았다는…….

얼마 뒤, 엄마는 빨랫감을 들고 조용히 나왔다.

"하이고, 달님도 억수로 밝네, 밝아."

엄마가 하늘을 보고 한숨을 쉬듯 말했다. 나는 함께 살아 보려고 애면글면하는 엄마가 고마웠다. 엄마의 새까맣게 탔을 속도 달빛처럼 밝아지기를 바랐다. 어느새 내 눈엔 눈물이 그렁그렁했다. 더 이상 나한테 엄마의 과거 따위는 아무래도 상관없었다. 수학여행 같은 거 안 가도 괜찮았다.

한참 시간이 흘렀다.

소쩍 소쩍 소쩍…….

소쩍새 울음소리가 집 안의 고요 속으로 침범해 들어왔다. 삐거덕, 문이 열리더니 엄마가 할머니와 내가 누운 방으로 슬며시 들어왔다. 할머니는 한사코 싫다고 했지만 지은 죄가 있어서인지, 제풀에 지쳐 포기했는지, 더 이상 아무 말도 없었다. 할머니는 등을 돌리고 모로 누웠다. 나는 영 서먹서먹하고 어색해서 문을 열고 밖으로 나왔다. 댓돌에 발을 내리고 기둥에 기대앉았다.

"객지에서 십 년 동안 죽기 아이믄 까무러치기로 살았다 아입니꺼. 무조건 앞만 보고 살았어예. 다시 당당하게 돌아와 덕이랑 같이 살래꼬요."

엄마가 코를 훌쩍이는 소리가 들렸다.

"다 잊아부고 인자 우리 덕이 보고 살랍니더."

할머니가 코 고는 소리가 들렸다. 그래도 엄마는 말을 이었다.

"지한테 안 미안해도 됩니더. 차말로 다 잊아뿄어예."

엄마가 집에 온 뒤 처음으로 흐느꼈다.

소쩍 소쩍 소쩍…….

문득 시어머니의 구박을 견디다 못해 굶어 죽은 며느리가 소쩍새로 환생했다는 전설이 생각나 슬펐다. 하지만 엄마는 살아서 내가 있는 곳으로 돌아왔고, 아무 이유 없이 자기만 잘 먹고 잘 살려고 가출한 건 아니라는 사실도 명명백백했다. 슬퍼할 하등의 이유가 없다.

"그라고 고마버예. 덕이 잘 키와 주시가."

나는 눈물이 왈칵 쏟아졌다. 슬퍼서 우는 게 아니었다.

시간이 얼마나 흘렀을까? 꿈결인 듯 엄마 목소리가 들렸다.

"미안하대이."

엄마는 내가 바깥에서 방 안의 소리에 귀 기울이고 있다는 걸 아는 것 같았다.

"그라고 고맙대이."

엄마가 울먹이는 목소리로 말했다. 나는 울음을 간신히 삼켰다. 하지만 눈물이 두 볼을 타고 흐르는 걸 참지는 않았다.

나는 방으로 들어갈 수가 없었다. 들어가면 엄마가 내 손을 잡거나 머리칼을 쓰다듬거나 포옹을 할 것 같았다.

"참, 아침에 선상님한테 전화 왔던데, 니 수핵여행 간다꼬 와

말 안 했노? 오늘 읍내 가서 돈 부쳤다. 말 나온 김에 니 휴대폰도 하나 사야겠더라. 최신식으로다가."

앗싸! 나는 주먹을 불끈 쥐었다. 쉬는 시간마다 애들이 가지고 놀던 스마트폰이 눈에 어른거렸다. 나는 엄마가 옛날 만화 영화 주제가처럼 '어디선가 누군가에 무슨 일이 생기면' 나타나는 짱가 같다는 생각이 들었다.

마당에는 달빛이 환하게 깔려 있었다. 옆집 영감탱이의 술주정이 거룩하게 들리는 달밤이었다. 문득 상식이 아재와 엄마가 불렀던 노래가 생각났다.

"태평양을 건너 대서양을 건너 인도양을 건너서라도…… 무조건 달려갈 거야."

무조건 달려가다 보면 없던 길이 보일 것도 같았다. 꿈도 생길 것 같았다. 이제까지의 내 인생이 틀린 문장이었다고 해도 나는 동네 할머니들 말마따나 아직 '대가리에 피도 안 마른 새끼'였다. 아직 마침표를 찍으려면 멀었다는 뜻이다.

엄마가 돌아왔다. 소원이 이루어졌다. 나는 얼마 전에 냈던 선택형 문제를 떠올렸다.

1. 엄마랑 잘 지내는 게 낫다.

2. 엄마랑 남처럼 지내는 게 낫다.

답이 훤히 보였고 곱씹어 생각해 볼 필요도 없었다.

나는 달을 보며 나직이 불러 보았다.

"엄마."

"어, 그래. 와? 무신 할 얘기 있나?"

엄마가 그 말을 알아들은 모양이었다. 나는 우물쭈물 아무 말도 못 했다. 얼굴이 홧홧 달아올랐고 심장이 터질 듯했다. 엄마가 금방이라도 문을 박차고 나올 것 같았다. 나는 벌떡 일어나 골목으로 달음박질쳤다.

달이 나를 따라왔다. 달빛이 나한테만 빛을 뿌렸다. 은행나무가 있는 언덕 위에서 달을 올려다보았다. 한 번이 어렵지 그다음은 쉽다고 했다. 나는 목청껏 소리 질렀다.

"엄마!"

동네 개가 짖었다. 속이 후련했다. 달이 빙그레 웃는 것 같았다. 달에 할머니 얼굴, 아빠 얼굴, 엄마 얼굴, 진구 얼굴이 나타났다 사라졌다. 그리고 서서히 그려지는 얼굴은 민창이었다.

나는 언젠가 달팽이가 그랬듯이 모든 감각을 집중시키고 달과의 대화를 시도했다. 문득 내일도 민창이한테 밥 같이 먹으러 가자고 찔러 봐야겠다는 생각이 들었다. 하늘을 보니 때마침 별똥별 하나가 떨어지고 있었다. 난 그 자리에 멈춰 서서 두 손을 모았다. 가슴속이 뭉근하게 덥혀져 왔다.

쉬즈 곤?

벚꽃이 화르르 지더니, 얼마 안 지나 이팝나무가 눈덩이 같은 꽃을 뭉게뭉게 피워 올렸다. 이팝나무 꽃 덩이가 눈 녹듯 사라질 즈음, 아카시아 꽃이 바통을 이어받았다. 어느 시에서처럼 꽃이 피는 건 힘들어도 지는 건 잠깐이었다. 꽃과 이별하는 데 슬퍼할 겨를도 주지 않고 다른 꽃이 피어나는 건 어쩐지 비인간적이라는 생각이 들었다.

바야흐로, 봄이 무르익어 가는 날. 바람이 솔솔 아카시아 꽃향기를 교실 창문 안으로 택배를 보내와 남자고등학교 애들의 애간장을 다 녹이고 있었다. 날씨 화창하고 꽃들 만발하고 향기까지 짙어 바람 쐬기 더없이 좋은 날, 여자 친구랑 팔짱 끼고 데이트는 못 할망정 교실에 처박혀 있다는 사실에 나 역시 분노 지수가 급상승했다. 원래대로라면 이날은 전세 버스를 타고 1박 2일 현장 학습을 떠났어야 했다. 하지만 계약한 숙소에서 식중독 사건이 터져 현장 학습은 하루아침에 무기한 연기가 되었고, 애들의 불만은 핵폭발 직전 수준이었다. 괴성을 지르거나, 애꿎은 의자를 차거나, 친구들과 주먹다짐을 벌이는 건 사고 축에도 안 들었다. 의도적이든 아니든 간에 일 년에 걸쳐 깨질 유리창이 하루 동안에 깨졌다면 말 다한 거였다. 총 다섯 개. 그중 하나는 내가 깼다.

선생님들도 수업할 의욕이 안 생기는지 교과 진도를 나가기보다 자습이나 동영상 수업에 치중했다. 아카시아 꽃향기는 춘곤증과 합세해 애들을 픽픽 쓰러뜨렸다. 6교시가 지난 다음에는 다들 전의를 상실한 표정이었다. 쉬는 시간조차 교실 안엔 가뭄에 목말라 펄떡대다 맥이 빠진 물고기들만 득시글댔다. 그때 기석이가 소나기 만난 물고기처럼 호들갑스럽게 뒤를 돌아보며 말했다.

"참! 야, 야, 야! 빅뉴스다, 빅뉴스!"

"또 뭐냐?"

상태가 토끼 눈을 한 채 스마트폰으로 19금 미드 〈왕좌의 게임〉을 보며 무덤덤하게 대꾸했다.

"이번에 구민 노래자랑한대더라. 우리 동네 조각 공원에서."

"근데?"

내가 시큰둥하게 대꾸하자, 기석이가 냉큼 가방에서 뭔가를 꺼냈다.

"상금이 무려 오십만 원. 이 정도면 구미가 슬슬 당기고도 남을 텐데."

"뻥 까지 마, 새꺄!"

내가 이마에 난 뾰루지를 짜면서 미간을 찌푸리자, 기석이는 능글맞게 웃으면서 포스터를 쫙 펼쳐 들었다.

"짜잔!"

난 재빨리 포스터를 낚아채 쭉 훑어보았다.

가정의 달을 맞이하여 '구민 노래자랑' 대회를 개최합니다.

◆ 행사 개요

1. 공연명 : 가정의 달, '○○구민 노래자랑'

2. 일시 및 장소

   - 신청자 접수 : 2016. 04. 10~04. 21(12일간, 공휴일 제외)

   - 예심 : 2016. 05. 05(목) 15:00 구민회관 대강당

   - 본 공연 : 2016. 05. 12(목) 18:30~21:00 조각 공원 잔디 광장
                    (우천 시 구민 회관 대강당)

   - 진행 : 하참(방송인)

   - 초대 가수 : 조용팔, 너훈아, 노자연, 패튀김, 박형빈, 장윤경

   - 구민 노래자랑 : 예심을 통과한 15개 팀

"오십만 원이 어딨냐? 이게 죽을라고 사기 치고 있어!"

나는 포스터를 마구 구기며 성질을 부렸다.

"우리 외삼촌이 구청에서 일하잖아. 외삼촌이 엄마한테 하는 얘기 직접 들었단 말이야. 엄마한테 나가 보라고. 울 엄마 완전 음친데. 생각만 해도 ㅇㅇㅇㅇㅇ."

기석이는 온몸에 소름이 돋는 듯 몸을 떨었다. 그나저나 오십만 원이라. 그 정도면 정말 돈에 눈이 멀고도 남을 만한 액수였다. 고민할 가치가 없었다. 난 결심했다, 나가기로. 그러고는 구겼던 포스터를 도로 펴서 고이 접고는 주머니에 소중히 보관해 두었다.

"너, 이번에 꼭 나가라, 어? 노래하면 또 노재광 아니냐?"

기석이가 비행기를 태우자 가슴속에서 사이다의 기포가 톡톡 터지는 느낌이었다. 그 기포는 잠을 확 쫓았고, 가슴을 팔딱팔딱 뛰게 만들었다.

난 가수가 꿈이었다. 외모보다 실력으로 승부하는 가수. 〈불후의 명곡〉이나 〈나는 가수다〉 같은 무대에서 호소력 짙은 음색으로 가슴을 쥐어짜듯 노래를 끝내고 나면, 한동안 정적. 그리고 관중들의 기립 박수! 그 생각만 하면 온몸에 전율이 일어났다. 엄마는 가수는 아무나 되냐고, 시답잖은 소리 집어치우고 공부하기 싫음 때려치우고 당장 취직이나 하라고 말했다. 그것에 대한 반작용으로 가수가 되고 싶은 마음은 더 간절해졌다. 중학교

3학년 때, 체육대회 끝나고 열린 어울 마당에서 나는 반 대표로 노래를 불러 1등을 먹은 적이 있었다. 채 흥분도 가시기 전에 엄마는 그걸 소 뒷걸음질치다가 쥐 잡은 격이라고 깎아내렸다. 그런 소리를 들었다고 포기할 내가 아니었다. 사람은 자기가 잘하고 좋아하는 걸 해야 하는데, 나한텐 노래가 유일무이했다. 지난달에는 수업 시간에 부른 노래를 기석이가 휴대폰으로 찍어 인터넷에 올렸다가 동영상 실시간 검색 순위 상위권에 오른 적도 있었다. 기석이와 상태의 피나는 홍보와 조회 덕분이었다. 그때부터 기석이는 내 매니저를 자처했다.

"누가 아냐? 이번 노래자랑이 우리 인생을 바꿔 놓을지. 나중에 스타 됐을 때 쌩 까지나 마라."

기석이는 평소답지 않게 사뭇 진지한 표정으로 말했다.

"나갈 거지?"

상태도 조바심이 나는지 나를 자꾸 부추겼다. 난 둘의 간곡한 부탁을 마지못해 들어주는 척 고개를 끄덕였다. 상태와 기석이는 마치 상금을 받기나 한 것처럼 하이파이브를 하더니 배치기까지 했다.

"그럴 줄 알고 외삼촌한테 부탁해서 접수했다. 자, 접수증. 1등 먹으면 크게 한 턱 쏴라."

기석이가 한껏 거드름을 피우며 말했다.

"쉿!"

나는 주위 눈치를 살피며 입에 검지를 꾹 눌렀다. 수업 시간 내내 내 마음은 콩밭, 아니 조각 공원에 가 있었다. 인생이 무료할 때 내가 사용하는 비법. 가끔 마음을 콩밭에 보내는 거. 그럼 없던 용기가 생기고, 갑자기 하고 싶은 게 생기고 그런다.

5월 12일 구민 노래자랑 본심에서 1등을 하고, 그 상금으로 스승의 날에 꽃다발과 선물을 준비하고, 킥킥! 그리고 무릎을 꿇고 멋지게 고백하고…….

난 맘껏 상상의 나래를 펼치다가 잘래잘래 고개를 흔들었다. 아무래도 그건 무리였다. 오래된 드라마에서 김하늘이 말했던 것처럼 그녀는 담임 선생님이고 난 학생이니까!

그럼 짝사랑만 하다가 졸업한 후에? 그러다가 저승사자가 반칙이라도 한다면? 결코 있을 수 없는, 있어서는 안 될 일이었다.

나는 황홀감으로 가득 찬 내 머릿속에 갑자기 끼어든 저승사자 때문에 기분이 더러워졌다.

국사 선생인 저승사자와 나는 철천지원수 사이였다. 내 책상 위 '국사' 교과서는 '(차라리) 굶자' 교과서로 바뀌어 있었다. 그만큼 식욕이 떨어진다는 말씀. 유독 검은 옷을 즐겨 입는데 지난 4월 초 현장 학습 때 얼굴에 선크림을 떡칠하고 등장하는 바람에 얻은 별명이었다. 갓만 쓴다면 완전 저승사자 저리 가라였다.

요즘 저승사자와 나는 그녀를 두고 줄다리기 중이었다. 저승사자한테 수시로 견제가 들어오는 이유였다. 사실 정정당당 선의의 경쟁만 벌인다면 저승사자 정도는 게임도 안 되었다. 빛나는 외모, 자상한 성격, 이 정도만으로 저승사자를 압도하고도 남았다. 까놓고 말해 경쟁이라는 말 자체가 자존심 상했다. 그걸 아는지 모르는지 저승사자의 그녀를 향한 답답한 구애 작전은 눈물겨울 지경이었다. 저승사자는 그녀한테 흑심을 품고 노골적으로 치근댔다. 서른일곱 살씩이나 먹은 노총각에, 축 늘어진 젖살과 똥배, 짧은 다리, 돋보기에 가까워 보이는 안경, 게다가 몇 가닥 삐져나온 가슴 털……. 한마디로 말하면 김 다 빠진 콜라나 유통 기한 지난 우유. 나는 가진 자의 여유로 저승사자의 애처로운 모습을 지켜볼 뿐이었다, 그동안은.

그런데! 며칠 전 입 가볍기로 소문난 노처녀 영어 선생 '입술만 안젤리나 졸리'가 흘린 정보는 나를 경악케 했다. 상태가 졸리한데 저승사자 좀 구제해 주라고 농담을 던졌다가 돌아온 답변!

"지난주 불금에 회식 있었거든. 야, 그때 분위기 장난 아니었어. 게임으로 맥주 마시기를 하는데, 너희 담임 선생님 걸릴 때마다 국사 선생님이 흑기사를 자처했단 말야. 잘됐지, 뭐. 사실 국사 선생님 내 타입 아니거든."

애들한테서 우우, 야유가 터져 나왔다. 나는 피가 거꾸로 솟는 기분이었다. 아무래도 그녀와 함께 있는 시간이 많고 동료 선생들이 적극적으로 밀어주는 분위기라면. 상황 역전? 으악! 상상도 하기 싫었다. 하지만 순식간에 불안감은 내 머리를 장악했다.

새로 산 옷에 오물을 뒤집어쓴 기분이었다. 나는 머리카락을 마구 쥐어뜯었다. 이번 기회에 내 매력을 맘껏 발산해 저승사자의 기세를 완전히 꺾을 생각이었다.

예심은 식은 죽 먹기였다. 참가자들은 초등학생부터 할아버지 할머니 들까지 족히 백여 명은 될 것 같았다. 하지만 대부분 수준 이하였다. 음정이나 박자도 불안하고 가사도 엉터리고 염소처럼 목소리가 달달 떨려 나오기도 했다. 그냥 인기상을 노리고 나온 게 틀림없었다. 대학생 형 한 명과 아줌마 두 명, 아저씨 한 명 정도가 겨우 상대가 될 것 같았다. 하지만 그들도 내 가창력과 무대 매너에 입이 떡 벌어졌다. 1등은 따 놓은 당상이었다. 일단 예심은 무난하게 통과.

"역시 내가 사람 보는 안목이 있다니까."

기석이는 졸졸 따라다니며 내 비위를 착착 맞춰 주었다. 그리고 진짜 매니저나 되는 것처럼 가방을 들어 주고 월드콘까지 사 주었다. 마치 월드 스타가 된 기분이었다.

앞으로 본심까지는 일주일. 이주일 뒤에 있는 중간고사도 내 발목을 잡진 못했다. 나는 하루 두 시간 이상을 노래방에서 보냈다. 단골 노래방 아줌마는 전폭적인 지지를 아끼지 않으며 가끔 서비스로 음료수를 내놓았다. 용돈은 금방 동이 났고, 나는 엄마한테 노래방비를 타내기 위해 갖은 아양을 다 부려야 했다.

"엄마, 나 가수 되면 진짜 호강시켜 줄게."

"어느 천년에. 가수 된다고 다 스타 되고 떼돈 버는 줄 알아? 허파에 바람만 잔뜩 들어가지고서는, 쯧쯧!"

"엄마도 가수가 꿈이었다며. 왕년에 한 가닥 했다고 저번에 큰소리 뻥뻥 쳤잖아. 외할머니가 다리몽둥이 부러뜨리고, 외할아버지가 머리 깎이고 비구니를 만든다고 협박해서 꿈을 접은 비련의 여주인공이라며?"

"그, 그건 그렇지만."

"엄마 꿈 내가 대신 이뤄 줄게. 엄마 유전자 물려받아서 나도 한 가닥 한단 말이야. 끼가 철철 흘러넘쳐. 그니까 엄마가 책임져. 단, 이번에 상 못 타면 포기한다."

난 참가자들의 면면을 떠올리면서 자신만만하게 말했다. 엄만 입을 쭉 내밀고 고민하는 듯하더니 결국 승낙했다.

두구두구두구두. 운명의 그날!

그녀는 수업 중에 사뭇 근엄한 표정으로 엄포를 놓았다.

"소문에 오늘 인근 공원에서 무슨 노래자랑 있다던데, 방과후 학교 빠지면 알아서 해."

이제 제법 그런 모습도 잘 어울렸다. 처음엔 조금만 실수를 해도 복숭아처럼 볼을 발그레하게 붉히더니.

문득 3월 입학식 때 그녀의 모습이 떠올랐다.

담임 발표를 했을 때, 우리 반 애들은 모두 환호성을 질렀다. 사립 남자고등학교 선생님은 대부분 남자이고, 몇 명 안 되는 여자 선생님은 사오십 대 아줌마 내지는 환갑이 다 된 할머니들뿐이라 들었다. 그런데 우리 반 담임은 젊은 여자 선생님인 데다 얼굴은 김연아를 닮았고, 몸매는 모델 뺨쳤다. 한마디로 심봤다! 다른 반 애들은 강당 바닥이 꺼질 듯 한숨을 쉬었다.

나는 심장이 마구 요동질쳤다. 새 담임 선생님한테 첫눈에 반했고, 그게 운명적인 사랑이라고 확신했다. 어쩌면 엄마 강요로 억지로 교회에 다닌 것에 대한 하느님의 선물일지 모른다고 생각했다. 나한테 담임 선생님은 더 이상 담임 선생님이 아니었다. '그녀'였다. 나는 애들 다 듣는 데서 공표했다.

"아무도 집적대지 마. 울 반 쌤은 내가 접수한다. 크하하하!"

"지조 없는 새끼! 중학교 땐 가정 쌤 없으면 못 살겠다더니."

"내가 언제, 인마!"

난 상태의 태클에 의기양양 오리발을 내밀었다.

그녀는 교실에 올라와 좌석 배치를 한 뒤, 몇 분 지나면 금방 까먹을 고리타분한 이야기를 했다. 그러고는 애들을 휘둘러보고 나긋나긋한 목소리로 말했다. 목소리에 솜사탕 맛이 나는 것 같았다. 눈을 감으면 폭신폭신한 구름을 타고 두둥실 떠다니는 기분이었다.

"혹시 임시 반장 할 사람 있니?"

나는 망설이지 않고 손을 번쩍 들었다.

"이름이?"

"노재광입니다."

"그래, 재광이. 씩씩해서 좋다. 당분간 잘 부탁해."

나는 그녀와 함께라면 기꺼이 일 년, 아니 평생이라도 이 한 몸 바칠 각오가 되어 있었다.

"집에서 낡은 수건이나 남는 달력 가져올 사람……, 어! 그래, 재광이. 고마워. 학급 일에 아주 협조적이네."

그날 이후 나는 임시 반장으로서 솔선수범을 몸소 실천했다. 주번을 닦달해서 그녀가 오기 전 아침 청소를 끝냈고, 수업 시간에 애들이 졸거나 잡담하면 거의 협박조로 면학 분위기를 조성했다. 무단으로 방과후학교나 야간 자율 학습을 빼 먹는 애가 있으면 내 선에서 해결했다. 내 막강 파워에 감히 토를 다는 애는 없었다.

"사랑의 힘, 정말 대단해."

상태의 비아냥거림이 똥파리가 앵앵대는 소리쯤으로 들렸다.

드디어 학급 반장 선거하는 날. 나는 보기 좋게 미역국을 먹고 말았다. 예견된 결과였다. 나보다 그녀가 더 실망하는 눈치였다. 그 사실 하나만으로 행복했다.

한번은 그녀가 나를 교무실에 따로 불러 곁에 앉혔다. 그녀에게서 아카시아 꽃보다 좋은 향이 났다. 바깥에 나가면 나비가 나풀나풀 그녀에게로 날아들 것 같았다.

그녀는 학생 기초 조사표를 훑어보다가 조심스럽게 입을 열었다.

"요즘은 개인 정보가 매우 민감한 문제긴 한데, 그래도 담임으로서 알 건 알아야 하니까 몇 가지 물어볼게. 혹시 대답하기 곤란하면 그냥 넘어가도 돼."

작년 중학교 3학년 담임이었던 체육 선생님은 그냥 무성의한 호구 조사만으로 상담을 흐지부지 끝냈다. 그에 비하면 그녀는 마음 씀씀이가 예술이었다. 한마디로 천사. 천사 앞에서라면 못할 말이 없을 것 같았다. 나는 그녀의 눈과 코와 입을 바라보았다. 태양의 〈눈 코 입〉이라는 노래가 생각났다. 나는 속으로 흥얼거렸다. 가슴 아픈 가사였다. 나는 절대 그녀와 이별 같은 건 하기 싫었다. 떡 줄 사람은 생각도 않는데 김칫국을 지나치게 성급하게 마셨지만 뭐 좋았다.

"내 얼굴에 뭐 묻었니?"

"아, 아뇨."

나는 급히 시선을 거두었지만 얼굴이 홧홧 달아올랐다. 그녀는 아침에 밥은 먹고 나오냐, 음악 감상이 취미면 노래도 잘 부르냐, 누구 노래 좋아하냐, 좋아하는 음식은 무엇이냐 같은 질문들을 쏟아 냈다. 꼭 소개팅에서 여자 친구와 나누는 대화 같았다.

"쌤은 어떤 음식 좋아하세요?"

내 느닷없는 질문에 선생님은 잠시 주저하더니 이내 입을 열었다.

"나? 난 글쎄 봉골레 파스타?"

"제가 해 드릴게요."

"어머, 진짜? 할 줄 알아?"

"배워서요."

"어머, 참 다정다감하다. 선생님 재광이한테 반하겠는걸?"

그 말을 듣는 순간, 나는 또 심장이 고장 난 것처럼 벌떡벌떡 뛰었다.

"부모님이 재광이 반듯하게 잘 키우셨구나. 엄마 아빠 사이가 무척 좋으신가 봐."

나는 나도 모르게 굳어지는 표정을 바꾸려고 노력하다가 더 어색한 표정을 짓고 말았다. 집안의 시시콜콜한 사연까지 발설하고 싶지는 않았다. 한참 뒤, 그녀는 센스 있게 가족 문제는 쏙 빼고 성적 문제로 들어갔다. 그것도 썩 달갑진 않았지만 견딜 만했다. 그녀는 3월에 치러진 학력 평가 결과를 보여 주었다.

"이것 좀 봐. 재광이, 성적에 신경 좀 써야 되겠다. 등급이 이 정도면……."

그녀는 벌써부터 대학과 취업 문제까지 들먹였다. 그러면서 점점 내 쪽으로 다가왔는데, 숨이 멎는 기분이었다. 당연히 그녀

말은 귀에 들어오지 않았다.

다음 날, 나는 확실하게 해 두기 위해 그녀의 수업 중에 자진해서 옛날 노래 이승기의 〈내 여자라니까〉를 열창했다.

"사귀어라! 사귀어라!"

애들이 책상을 난타하며 합창하자 그녀는, 살짝 얼굴을 붉히며 말했다.

"재광이 같은 꽃미남이랑 사귄다면 선생님이야 봉 잡은 거지."

애들이 우우, 야유를 보냈다. 내 얼굴은 불타오르고 가슴은 화염에 휩싸였다.

그녀는 나에게 웃어 주고, 어깨를 토닥여 주고, 청포도 사탕을 주었다. 나도 그녀에게 웃어 주고, 목캔디를 주고, 캔커피를 주고, 담장에서 꺾은 장미꽃을 주고, 그녀의 교재와 노트북을 들어 주었다. 저승사자라는 허접한 복병이 나타나기 전까지는 그야말로 일사천리, 탄탄대로였다. 근데, 저승사자가 그녀한테 자꾸 치근댄다는 소문. 그 소문과 함께 저승사자의 견제가 피부로 느껴졌다. 그리고 소문이 사실로 확인되면서 나는 하루에도 몇 번씩 울화통이 터졌다. 가끔 저승사자와 그녀, 단둘이 학교 식당에서 나오거나 교정을 걷는 모습이 보이면 하루 종일 심란했다.

그러던 중! 저승사자의 안 그래도 주저앉은 콧대를 아예 눌러 버릴 기회가 온 거였다. 나한테 구민 노래자랑은 하늘이 내려 준 굵은 동아줄이었다. 맘 같아서는 1등 상금을 받고, 엄마 소나타를 웨딩카처럼 꾸며 학교로 몰고 와, "당신을 영원토록 사랑합니다. 저와 결혼해 주세요."라고 적힌 현수막을 학교 건물 옥상에서 아래로 내려뜨린 다음, 그녀에게 꽃다발을 한 아름 안기며 무릎을 꿇고 낭만적으로 프러포즈를……. 아, 상상만으로도 비행기를 타는 기분이었다.

"노재광! 넋이 빠졌네. 뭐가 그렇게 좋아서 실실 웃는 거야?"

나는 그녀가 다가와 내 앞에서 손을 흔들어도 몰랐다. 요즘은 시도 때도 없이 마음이 콩밭에 가 있다. 애들의 웃음소리에 나는 간신히 놓았던 정신줄을 잡았다.

"에이, 쌤. 방과후학교 째면 어떻게 하실 건데요?"

희찬이의 말에 그녀가 살짝 미소를 띠며 이야기했다. 아! 저 가지런하고 하얀 이. 눈이 부셨다.

"어떻게 하긴 뭘 어떻게 하니? 아주 혼쭐을 내야지."

"어떻게 혼내실 건데요?"

"엉덩이 다섯 대씩!"

"체벌 금진데. 그래도 쌤한테 맞는 거면 좋아요. 다섯 대만 맞으면 되는 거예요? 지금 맞으면 안 돼요?"

애들의 장난에 그녀가 입을 삐죽댔다.

"그게 다가 아냐! 벌금까지 있다."

"얼마요?"

"천 원!"

"그럼 다섯 대 맞고 천 원만 내면 돼요?"

스무 대에 오천 원을 불러도 눈 깜짝 안 할 놈들한테 다섯 대에 천 원이라니. 저 순수한 여자를 저승사자 같은 음흉한 인간한테 보낼 순 없었다, 결단코! 주먹에 불끈 힘이 들어갔다.

"그래도 가면요?"

"닥쳐라, 새꺄! 그럼 나한테 뒈진다."

나는 희찬이를 째려보며 버럭 소리를 질렀다.

"노재광! 그런 말이 어딨니?"

그녀가 곱게 눈을 흘겼다.

"죄송합니다."

나는 금세 한 마리 순한 양이 되었다. 하지만 심장만은 이내 하트 모양으로 바뀌어 그녀를 향해 돌진하고 있었다.

청소 시간에 교무실로 갔다. 저승사자가 그녀 옆에 딱 붙어 혼자만 껄껄 웃으며 수작을 걸고 있었다. 가까이 다가가니 엑셀 프로그램의 함수를 이용해 통계 내는 걸 도와주고 있었다. 무식이 철철 흘러넘쳐 보였는데 보기와는 약간 다른 구석도 있는 모양이었다.

"쌤, 저 학원. 중간고사 대비 특별 보강한대요."

나는 저승사자와 그녀 사이를 비집고 들어가면서 말했다. 저승사자가 나를 사납게 노려보았다.

"특별 보강은 개뿔. 학교가 먼저지 학원이 먼저냐? 하여튼 요새 애들 사고방식 맘에 안 들어."

저승사자가 또 신경을 벅벅 긁어 댔다.

"학원 보강은 핑계고 피시방 가서 게임할 거지? 뻔하지 뭐."

나는 본체만체 대꾸도 안 했다. 그녀도 저승사자의 쓰잘머리 없는 말에 대응하지 않고 조퇴증을 끊어 주었다.

"열심히 하고 있지? 재광인 다 좋은데, 성적이 좀. 이번엔 열심히 해서 좀 올려라. 선생님이 지켜보고 있다는 거 알지?"

"옛, 썰!"

나는 그녀를 향해 거수경례를 하고 물러났다. 양심에 좀 찔리긴 했지만, 다 그녀를 위한 거니까 어쩔 수 없었다.

곧장 교실로 돌아와 가방을 둘러멨다. 기석이와 상태가 의미심장한 웃음을 지으며 다가왔다.

"오늘 응원은 걱정 마셔."

"뭔 말이냐?"

"그런 게 있다, 인마."

뭔가 수상쩍었지만, 그냥 넘어갔다.

나는 비장한 각오로 교문을 벗어났다. 막바지 아카시아 꽃이 온몸을 쥐어짜며 진한 향기를 내뿜고 있었다. 사랑을 하려면 저 정도는 되어야 한다고 생각했다. 눈을 감고 코를 킁킁대는데 살짝 현기증이 났다. 그리고 갑자기 재채기가 나왔다. 가래를 툭,

뱉었다. 그러고 보니 목도 칼칼했다. 생각보다 컨디션이 별로였다. 목을 매만지며 집으로 갔다.

집 안은 텅 비어 있었다. 물을 마시려고 주방으로 갔다. 냉장고 문을 열려고 보니 식탁에 뭔가가 놓여 있었다. 엄마가 쓴 쪽지였다.

> 엄마 일 때문에 못 가.
> 냉장고에 유정란 있으니까
> 몇 개 깨 먹고 가고.
> 아들, 화이팅!

엄만 지금쯤 택시를 몰고 손님들을 찾느라 애를 먹고 있을 거였다. 경기가 불황이라 택시 손님도 눈에 띄게 줄었다던데. 아빠를 대신해 아들을 먹여 살리려고 아등바등하는 엄마가 안쓰러웠다.

엄마는 아빠랑 별거 아닌 별거를 하고 있다. 아빠는 멀쩡한 직장을 관두고 목공 일을 배우더니 고향인 소도시로 돌아가 작은 가구 공방을 냈다. 엄마는 그게 아빠를 살리는 길이라며 굳이 반대하지 않았다. 둘 사이에 무슨 모종의 거래가 있었는지는 관심 없었다. 하지만 연약한 엄마와 질풍노도의 시기에 빠져 있는 자식을 내버려 두고 자기 인생 살려고 떠난 아빠가 무책임하게 느껴졌다. 왜 아들인 내 의견 따위는 무시되었는지 생각할수록 열 받았다. 엄마는 아빠를 원망하기는커녕 밑반찬을 준비해 주말마다 내려갔다. 목석같은 아빠가 뭐가 좋다고.

"엄만 아빠가 밉지도 않아? 밸도 없어?"

하도 어이가 없어서 엄마한테 이렇게 물은 적이 있다. 돌아온 대답은? 꿀밤과 잔소리.

"연애하는 기분이고 좋기만 한데. 왜 심통이니?"

헐. 나는 공부한다는 말도 안 되는 핑계를 대며 아빠한테 안 내려간 지 반년이나 지났다. 엄마는 그런 자식을 그냥 내버려 둔다. 무슨 꿍꿍이속이 있는지 모르겠다. 시간이 지나면 엄마 아빠를 이해할 수 있을까. 엄마는 십수 년 째 아빠한테 콩깍지가 씌어 있다. 내가 보기에 그 콩깍지는 반영구적이다. 일방적인 사랑은 어쩐지 좀 슬프다. 코끝이 시큰했다. 상금을 받으면 엄마를 위해 스카프 하나라도 선물해야겠다고 생각했다.

목에 수건을 감고 잠시 누웠다. 가물가물 눈이 감겼다.

시간이 얼마나 지났을까? 눈을 떠 보니 대회 시작 삼십 분 전이었다. 목은 아까보다 더 칼칼했다. 유정란을 두 개 깨 먹은 뒤, 허둥지둥 옷을 갈아입고, 중절모와 선글라스를 챙기고 바깥으로 나왔다. 그리고 택시를 잡아탔다. 차가 막혔다. 불안했다. 손깍지를 꼈다가 풀었다가 엉덩이를 들썩였다가 안절부절못했다. 다리가 절로 달달 떨렸다. 조각 공원 잔디 광장에 도착하니 두 번째

팀이 노래를 부르고 있는 중이었다. 휴!

내 순서는 열다섯 개 팀 중 일곱 번째였다. 행운의 숫자 7. 나는 잠시 1등을 수상했을 때 소감을 묻는다면 어떻게 대답할까, 궁리하기 시작했다.

'저, 우선 하느님께 감사드리고요, 엄마한테 감사드리고, 그리고 저기 응원해 주러 온 베프 기석이랑 상태 고맙고, 단골 노래방 아줌마 협찬해 주셔서 고맙고, 그리고 또 마지막으로 쌤, 사랑합니다!'

그러고는 두 팔을 이용해 머리 위로 하트를 그릴 거다. 소감에 아빠를 뺀 게 은근히 고소했다.

'상금은 어떻게 쓰실 생각인가요?'

'네, 저 불우 이웃 돕기 성금으로 낼 생각, 아니아니……'

그건 너무 뻔한 레퍼토리다. 더 폼 나는 건 없을까? 고민하다가 나를 부르는 소리도 놓치고 말았다. 옆에 앉아 있던 아줌마가 팔꿈치로 나를 툭 쳤다.

"학생 차례 아냐? 7번 부르잖아."

"자, 7번 없나요? 겁을 먹고 달아났나요? 그럼 다음으로 8……"

나는 허겁지겁 달려갔다. 그러다가 발이 꼬이는 바람에 계단을 헛디뎠고, 앞으로 고꾸라지고 말았다. 진행자가 급히 내민 휴지에 입안에 고인 피를 뱉고, 서둘러 무대에 섰다.

"어이쿠, 괜찮으세요? 어디 갔다 오셨어요? 보아하니 학생 같은데, 수업 빼먹고 바로 오느라 늦은 건가요?"

진행자가 농담으로 분위기를 띄웠고, 관중들은 박장대소했다.

"중절모에 선글라스까지. 이야, 준비 제대로 했는데요. 혹시 아빠 건가요?"

하필이면 아빠 얘기람. 나는 창피하고 짜증도 나서 고개를 뚝 떨어뜨렸다. 그때였다.

"한남고 꽃미남 노재광! 아자아자, 파이팅!"

관중석에서 나는 소리였다. 저 멀리서 '용 됐다! 스타 탄생 노재광'이라고 적힌 현수막을 흔들고 있는 기석이와 상태가 눈에 띄었다. 아니 반 애들이 모두 몰려온 것 같았다. 순간 가슴이 찌 릿했다. 기필코 1등을 먹어서 그녀와 엄마 선물을 사고 나머지 는 멋지게 쏘리라. 기다려라, 새끼들아!

"대단합니다. 내일 담임 선생님한테 단체 기합 받을 각오 단단 히 하셔야겠어요."

다시 관중석에서 웃음이 터져 나왔다.

"자, 그럼 부르실 곡명은?"

"스틸하트의 〈쉬즈 곤〉입니다."

"어려운 곡인데요. 과연 소화해 낼 수 있을까요? 네, 참가 번호 7번 한남고 꽃미남 노재광 군의 〈쉬즈 곤〉 큰 박수로 맞이해 주 시기 바랍니다."

반주가 흘렀다. 풍선을 흔들면서, 반한 눈으로 나를 쳐다보는 여중생들도 보였다. 내일이면 인터넷에 노재광 팬카페가 생길지도 몰랐다. 예비 팬들이 지르는 소리 때문에 반주가 잘 안 들렸다. 정신을 집중했다. 발로 박자를 맞추며 하나 둘 셋 넷, 시작!

"쉬즈 곤, 아웃 오브 마이 라이프~."

여기저기 "꺅!" 비명 소리가 들렸다. 예상한 결과였다. 하지만 나는 임자가 있는 몸. 목에 칼이 들어와도 양다리를 걸칠 수는 없었다.

내 목소리는 선율을 타고 미끄러지듯이 흘러갔다. 목이 칼칼해 걱정했는데, 다행이었다. 사람들은 감미로운 목소리에 젖어 팔과 몸을 좌우로 흔들었다.

"레이디, 오 레이디!"

"오빠, 멋져요!"

기석이가 소리를 질렀다. 이제 마지막 클라이맥스! 숨을 들이쉬고, 배에 힘을 주고, 한 손을 귀에 대고,

"아, 아, 아! 레이레~."

오 마이 갓! 안 돼! 고음 처리하는 부분에서 옥타브가 순식간에 올라가 버리는 바람에 치명적인 실수를 하고 말았다. 운명의 장난 말고는 달리 표현할 말이 없었다. 식은땀이 났다. 사람들은 배꼽을 잡았고, 웃음소리는 광장을 가득 메웠다. 반주는 자기 갈 길을 가고 있는데, 나는 멍하기만 했다.

겨우겨우 정신을 차렸을 때, 얼굴이 후끈후끈 달아올랐다. 굴

욕이었다. 바닥에 납작 엎드려 쥐구멍이라도 만들어 숨고 싶었다. 진행자가 수습을 하려고 나섰다. 하지만 이미 상황 종료였다. 선글라스를 꼈는데 눈앞은 하얘졌다. 월드컵 결승전 승부차기, 수많은 관중들이 숨죽이고 있는 절체절명의 순간. 뻥 찬 공이 골대를 맞았을 때의 느낌이 이럴까?

"아, 안타깝군요. 아주 멋지게 소화를 해내는가 싶더니, 끝부분에서 전문용어로 '삑사리'가 나는 바람에."

사람들은 평생 웃을 걸 지금 한꺼번에 웃는 것처럼 끊임없이 웃어 댔다.

"괜찮아! 괜찮아! 괜찮아!"

기석이와 상태가 주동하여 애들이 함성을 지르자 관중석에 있던 사람들이 모두 합창을 했다. 그건 나한테 조금의 위로도 되지 않았다. 완벽한 개망신이었다. 용 된 게 아니라 똥 됐다.

서둘러 계단을 내려오다가 발을 헛디디는 바람에 다시 넘어졌다. 진행자가 '하체가 부실' 어쩌고저쩌고하는 소리에 사람들이 폭소를 터뜨렸지만, 모른 체하고 냅다 줄행랑을 놓았다. 달리면서 휴대폰 전원을 꾹 눌러 껐다.

살금살금 현관문을 열었다. 엄만 없었다. 다행이었다. 불도 켜지 않고 방으로 들어와 이불에 얼굴을 묻었다. 그러고도 잠을 잔 모양이었다. 눈이 부셔 일어나니 엄마가 방에 들어와 있었다.

"노재광! 꼴좋다. 사내자식이 그깟 일로 풀이 죽어서는. 으이 그! 고추가 아깝다, 고추가 아까워."

"어떻게 알았어?"

"석이한테 전화해 봤지."

기석이한테 오늘 사건의 전말을 다 들은 모양이었다.

"아, 필요 없어. 나가!"

"조각 공원에서 뺨 맞고 집에서 화풀이하는 거냐?"

엄만 실실 웃으면서 속을 있는 대로 긁어 댔다. 나는 벌떡 일어나 엄마를 거실로 밀어내고는 문을 잠갔다.

"야, 노래방비 내놔. 상금 타서 갚는다며?"

엄마는 방문을 쿵쿵 두드리며 염장을 질렀지만, 나는 베개로 귀를 꽉 눌러 막았다. 그런데 다 들렸다.

"그만하면 허파에 든 바람 다 빠진 거지? 분명히 상 못 타면 포기한댔다."

얼마 안 지나 엄마의 잔소리가 사라지고 대신 아빠랑 통화하는 소리가 들렸다. 아마 미주알고주알 다 털어놓겠지. 아빠는 웃는 건지 우는 건지 모를 표정으로 피식, 할 거고. 못 산다, 정말. 그냥 미친듯이 자고 싶었다. 잠아, 오늘만이라도 제발 내 사정 좀 봐 주라.

저승사자와 그녀가 팔짱을 낀 채 비웃는 악몽을 꾸다가 깨어나니, 새벽 1시였다. 휴대폰을 켜니 부재중 전화와 문자 메시지가 와 있었다. 기석이와 상태였다.

다친 덴 괜찮음?

뚜구두구두구, 인기상 수상!

그게 어디냐?

내가 보기엔 최고였다는!

상품 낼 주께!

멋지심, 칭구!

기석이 아웃시키고

내가 매니저 하믄 안 되까~ㅋ

근데 가수 포기하고, 개그맨 어때?

작전은 수포로 돌아갔다. 그녀의 얼굴을 어떻게 보나 걱정이
이만저만이 아니었다. 아, 그리고 저승사자. 또 얼마나 비아냥대
며 씹을지 상상이 가고도 남았다. 아침이 오기 전 천재지변이 일
어나 휴교령이 내려지길 간절히 바라면서 잠이 들었지만, 이기적
인 알람 시계는 주인 감정은 무시하고 인정사정없이 울어 댔다.
아무 일 없이 아침이 왔다고. 학교에 갈 시간이라고.

교문에 들어선 순간, 꼭 죄인이 된 기분이었다. 금의환교는 고

사하고 망신만 톡톡히 당하고 돌아왔다. 학교의 명예를 드높인 대가로 내가 교문에 들어서면 전교생이 양옆으로 줄을 서서 박수를 치고, 교장 선생님이 다가와 직접 악수를 청하고, 앙코르 공연 무대를 요청하고……, 그런 장면을 꿈꾸었는데. 아! 다 끝났다.

기석이가 준 인기상 상품은 포장도 뜯지 않은 채로 기석이한테 넘겨주었다. 기석이는 매니저 한 보람이 있다면서 히죽거렸다. 나는 속으로 안도의 한숨을 쉬었다. 인기상도 상이니까. 가수의 꿈을 포기할 필요는 없게 된 거니까. 휴.

"으, 짱나! 오늘 시간표 왜 이래? 개쩐다."

기석이가 미간에 굵은 주름을 잡으며 말했다.

"진짜 최악이다, 최악! 1교시 국사, 4교시 국사, 그리고 8교시 방과후학교 국사."

상태가 앉은 상태로 책상다리를 툭툭 차며 툴툴거렸다.

"4교시는 왜? 졸린 시간 아냐?"

나는 귀에서 이어폰을 떼고 달달 떨던 다리를 멈추고는 눈썹을 꿈틀대며 물었다.

"지난주에 수업 교체돼서 국사 대신 영어 했잖아."

나는 앉은 자리에서 벌떡 일어서며 으악, 괴성을 질렀다. 애들의 시선이 일제히 나한테로 꽂혔다.

"뭘 봐, 새꺄!"

나는 주먹으로 책상을 쿵 치고 벌떡 일어났다. 그러고는 쓰레기통에 대고 칵, 툭, 가래를 뱉었다.

국사 선생님은 웬일로 수업 시작종과 동시에 들어왔다. 여전히 발로 문을 열고, 한 손은 녹차를 들고, 한 손은 교과서와 몽둥이를 들고. 어설픈 '저승사자'의 모습으로.

저승사자는 몽둥이를 손바닥에 탁탁 내려치면서 애들을 쭉 훑어보았다. 그러더니 피식피식 썩소를 터뜨렸다. 상대방을 기분 나쁘게 하는 웃음은 저승사자의 무궁무진한 단점들 중 하나였다.

"역시 꼴통 3반은 기대를 저버리지 않아. 노재꽝! 소감이 어때?"

노재꽝? 결과를 알고 있다는 뜻? 아침부터 기분 잡쳤다. 나는 씹던 껌을 휴지에 뱉고는 똘똘 말아 쓰레기통을 향해 휙 던졌다. 골인! 저승사자를 자극하기 위한 작전인데 철저하게 무시당했다. 저승사자는 나 개망신시키는 일에 혈안이 되어 있었다.

"싸나이가 칼을 뽑았으면 무라도 잘라야지. 어떻게 순위에도 못 드냐? 그러고도 네가 꿈이 가수냐? 이건 우리 학교의 수치다. 앞으로 계속 노재꽝이라고 불러 줄게."

나는 속에서 용암이 들끓어 올랐지만, 태연한 척 두 손을 주머니에 넣은 채 천장만 바라보았다. 한쪽 다리를 달달 떨면서.

"이제 네 수준을 확실히 알겠냐? 노재꽝!"

저승사자는 유치찬란한 공격은 점입가경이었다. 나는 저 야비한 얼굴에 침을 뱉어 주고 싶었다. 아니, 아예 저 주둥이를 청테이프로 붙이고 싶은 마음이 소용돌이쳤다.

"제대로 알지도 못하면서."

기석이가 반격하고 나섰다. 나는 기석이를 향해 닥치라고 인상을 썼다.

"유유상종이라더니, 꼴에 친구라고 편드는 거냐? 좋아, 브라보! 감동의 도가니탕이다, 야. 그래, 내가 모르는 게 뭔데?"

"인기상 받았거든요!"

"움하하하! 인기상 받는 거 볼려고 단체로 방과후학교와 야자를 토끼는 대형 사고를 터뜨린 거야? 그것도 1학년 놈들이? 겁대가리를 상실했구만, 완전히. 도대체 주동자는 누구냐?"

저승사자는 생긴 대로 음산하게 웃으며 염장을 질러댔다. 애들은 침묵으로 일관했다.

"노재꽝! 왕년에 껌 좀 씹었다더니 혹시 협박한 건 아니지? 안오면 죽는다고 말야."

괜히 대들었다가 선도위원회에 회부되어서 그녀를 실망시킬까 봐 이를 악물며 분을 삭였다. 어차피 말싸움으로 저승사자를 제압할 순 없었다. 욱하는 성질에 덤볐다가 본전도 못 뽑고 창피당하기 십상이었다.

나는 저승사자를 뚫어지게 쳐다보았다.

"눈에서 레이저 나오겠다."

"언제 쌤 이름 적어 놓고 죽을 거예요."

나는 협박조로 말했다. 농담 반 진담 반이었다.

"미리 명복을 빈다."

교실 분위기가 썰렁했지만 저승사자는 아랑곳하지 않았다. 사제 간의 대화치곤 살벌하기 짝이 없었다.

"근데 혹시 그거 아냐?"

애들이 숙였던 고개를 들며 저승사자를 주시했다.

"너희 담임 쌤 말야. 교장실에 불려가서 실컷 야단맞고, 눈물 바람으로 돌아왔는데. 오늘 아침 교무실 분위기 장난 아니었어. 사유서까지 썼다더라. 잘못하면 징계 먹을지도 몰라."

순간 아찔했다. 징계라니. 겨우 고깟 일로 징계를 먹는다면, 수업 시간에 음담패설이나 인신공격이나 자기 맘에 안 드는 유명인들 험담을 서슴지 않는 저승사자는 완전 파면감이었다. 하지만 왠지 감이 안 좋았다. 그러고 보니 아침 독서 시간에 들어왔던 그녀의 얼굴은 진짜 반쪽이었다. 화장기 없는 얼굴에 퉁퉁 부은 눈에. 그것도 모르고 기석이는,

"쌤, 어제 라면 먹고 잤죠?"

라고 흰소리를 했다. 물론 그녀는 대꾸도 안 했고 시선도 피하는 눈치였다.

저승사자는 아무짝에도 쓸모없는 이야기로 수업 시간을 반

토막이나 잘라먹고, 뜬금없이 한다는 말이,

"요새 나라 돌아가는 꼬라지가 말이 아냐. 경제 살린다고 뽑아 줬더니 이게 뭐냐고요."

내용인즉슨, 펀드에 투자했다가 쪽박을 찼다는. 저승사자는 십 분 이상 자신의 신세를 한탄하다가, 한숨을 푹 쉬다가, 창밖을 내다보았다. 그러면서 다 식은 녹차를 쭉 들이켰다. 나는 배 속에 꽉 찼던 가스가 방귀 한 방에 날아간 느낌이었다. 어쨌든 그걸로 수업 끝이었다. 아니 4교시와 8교시, 아직 두 시간이나 더 남았다. 나는 저승사자가 그냥 조용히 지옥으로 돌아가 자기 본업에나 충실했으면 좋겠다고 생각했다.

쉬는 시간에 난상 토론이 벌어졌다.

"아, 새끼! 다 너 때문이잖아."

"그게 왜 나 때문이냐? 어차피 선택은 너희가 했잖아."

희찬이 말에 기석이가 발끈했다. 그러더니 발에 걸려 거치적거리는 의자를 넘어뜨리고 교실 밖으로 나갔다.

"야, 됐어. 그만해! 다 내 탓이다, 존나 치사한 새끼들아! 됐냐? 됐어?"

나도 와자지껄하던 교실을 냉동 창고로 바꿔 놓고는 애꿎은 쓰레기통을 퍽 차고 나갔다.

"같이 가!"

뒤를 돌아보니 상태가 기우뚱하던 쓰레기통의 중심을 잡고

쫓아왔다. 그러고는 내 어깨에 팔을 척 걸쳤다.

"그냥 무시해. 한두 번 당해 보나? 원래 저승사자, 완전 구라 자판기잖아. 입만 열었다 하면."

나는 저승사자에 대한 상태의 험담이 맘에 들어 피식 웃어 주었다.

기석이는 화장실에 있었다. 주머니에 손을 찔러 넣고 고독한 킬러처럼 서 있었다. 상태와 나는 형사처럼 다가가 범인을 체포하듯 기석이를 붙잡았다. 기석이가 특유의 장난기 어린 표정으로 웃었다. 우리 셋은 우두커니 서서 창밖을 바라보았다.

바람이 불었다. 아카시아 나무 두 그루가 나뭇가지를 흔들며 얼마 남지 않은 꽃을 하나둘, 떨어뜨렸다. 바닥엔 이미 수백 개의 꽃 시체들이 널브러져 있었다. 먹구름이 몰려왔다. 날이 점점 어두워졌다.

며칠이 흘렀다. 아무 일도 일어나지 않았다. 그녀는 무표정으로 일관했고, 꼭 필요한 말을 할 때를 제외하고는 입을 열지 않았다. 그럼에도 불구하고 그녀는 바위 사이에 핀 한 떨기 고고한 들국화였다. 불안하고 갑갑하고 불쑥 화가 치미는 시간들이 뒤죽박죽 지나가고 있었다.

점심을 잘못 먹었는지 자꾸 설사가 나고, 온몸에 기운이 쫙 빠졌다. 저녁 급식도 굶고 배를 움켜쥐고 엎드려 있다가 조퇴하려고 교무실에 갔다. 하필이면 저승사자와 그녀가 야자 감독이었다. 분명 저승사자가 계획적으로 야자 감독을 바꿨을 거였다.

교무실 분위기는 화기애애했다. 그 분위기를 깨려는 사명감을 띠고 교무실 문을 열려는 찰나. 들려오는 소리에 교무실 문에서 손을 스르르 떼야 했다.

"하여튼 민 선생 연기 하나는 끝내줘요. 연예인 될 거 길 잘못 들어선 거 아냐? 연극반을 맡더니 다 뜻이 있었구먼."

저승사자가 혀에 버터를 바른 듯 느끼하게 말했다.

"음, 음, 제가 한 연기하죠. 대학 시절에 연극반 동아리를 한 적도 있고요. 어쨌든 다 선생님 덕분이에요. 지금은 자습 분위기도 엄청 좋아졌어요. 숨소리도 안 들린다니까요."

"그 반 녀석들 말썽은 부려도 하는 짓 보면 귀여운 구석이 있다니까. 그날 내가 뻥 좀 심하게 쳤거든요. 민 선생 교장실에 불려가 실컷 야단맞고, 사유서 쓰고, 징계 먹을지도 모른다고. 그랬더니 글쎄, 말도 마요. 애들 표정 봤어야 되는데, 아주 가관이었다니까요."

더 이상 들을 필요도 없었다. 코에서 쉭쉭 거친 바람이 새어 나왔다.

나는 곧장 교실로 돌아가 가방을 메고 무단 조퇴를 감행했다. 그러면서 비밀은 끝까지 폭로하지 않으리라, 결심했다. 그녀가 저승사자의 사주를 받아 일을 꾸민 것이 발각되면 애들은 배신감에 치를 떨지도 몰랐다. 진짜 사랑한다면 상대방의 약점이나 치부도 감싸 안아야 한다고 했다. 적어도 머릿속으로는 그렇게 생각했다. 하지만 가슴 가장자리부터 살얼음이 끼는 듯한 기분은 어쩔 도리가 없었다.

비가 내렸다. 먹구름 낀 하늘을 올려다보았다. 처음부터 행운의 숫자를 주지를 말든지. 들었다 놨다, 이게 뭐냐고요! 나는 악을 쓰며 하늘을 원망했다. 하늘은 안면몰수하고 비만 쫙쫙 뿌려 댔다.

하염없이 걷다 발길이 멈춘 곳은 학교 근처 단골 노래방. 노래방 아줌마가 어떻게 됐냐고 알은체를 했지만 대답도 안 했다. 나는 울면서 청승맞게 〈쉬즈 곤〉을 불렀다. '삑사리' 없이 고음이 쭉쭉 올라갔다. 눈알이 따가웠다. 눈물이 나올 모양이었다.

시간도 다 안 채우고 바깥으로 나왔을 때 여전히 비는 추적추적 내리고 있었다. 비는 세상뿐 아니라 내 마음까지 축축하게 적셔 놓았다. 야자가 끝났을 시각이었다. 어깨를 축 늘어뜨리고 터덜터덜 걸었다.

횡단보도에서 신호를 기다리고 있었다. 그때 갑자기 뒤에서 클랙슨 소리가 들렸다. 깜짝 놀라 돌아보니, 시꺼멓고 지저분해 보이는 차 한 대가 서 있었다. 그리고 차창이 찍 열리더니 저승사자가 얼굴을 드러냈다. 또 가만있는 사람 시비를 거는 것 같아 짜증이 왈카닥 났다.

"야, 타!"

나는 코대답도 하지 않았다.

"타라고!"

"됐어요."

순식간에 저승사자가 내리더니 내 뒤통수를 툭 때리고, 뒷덜미를 잡았다.

"아, 왜 때려요, 씨!"

이판사판이었다.

"잔말 말고 따라와, 짜샤!"

나는 질질 끌려 저승사자의 차 뒷좌석에 앉았다. 차 안은 차 밖보다 더 개판이었다. 알아먹지도 못할 책 몇 권, 까만 봉지, 구겨진 티슈……. 봉지를 들추어 보니 그 안에는 찌그러진 맥주 캔과 과자 부스러기가 있었다. 저승사자와 환상의 조합이었다. 게다가 퀴퀴한 곰팡내라니.

신호가 바뀌고 차가 움직였다. 차는 다음 네거리에서 편의점을 끼고 우회전을 했다. 어렴풋이 저승사자하고 같은 동네에 산다는 사실이 기억났다. 이래저래 진짜 악연이었다.

창밖으로 어둑한 거리를 바라보았다. 빗물에 얼룩져 사물의 형체가 일그러졌다. 내 마음속 풍경도 꼭 저 모양 저 꼴일 터였다. 우산 쓴 사람 반, 우산 안 쓴 사람 반. 다들 바삐 길을 걷고 있었

다. 그 사람들 속에서 노란 코트를 입고 하이힐을 신은 여자가 쇼
핑백으로 머리를 가리고 잰걸음으로 총총 걸어갔다. 나는 그 여
자한테서 눈을 뗄 수가 없었다. 뒷모습이 어쩜 저렇게 그녀하고
닮았을까, 생각하는데. 오! 노란 코트는 다름 아닌 그녀였다. 우
울했던 기분이 활짝 갰다, 가 아니라…… 어? 저게 뭐지? 갑자기
끼어들기를 한 아우디가 비상 깜빡이를 켜더니 급정차를 했다.
저승사자가 입으로 십 원짜리 욕설을 내뱉더니 신경질적으로 클
랙슨을 빵빵 울려 대다가 급브레이크를 밟았다. 내 몸이 앞으로
쏠렸다가 되돌아왔다. 저승사자는 당장이라도 차에서 내려 매너
가 똥인 운전자의 멱살을 잡을 기세였다. 그런데 차문을 열려던
저승사자는 일순 동작을 멈추었다. 마침 아우디에서 저승사자하
고는 비교도 안 되게 세련되고 부티 나는 남자가 우산을 펴면서
내렸다. 그러더니 자연스럽게 그녀와 어깨동무를 하고, 차문을
열어 주고, 그녀를 태운 뒤 순식간에 사라졌다. 언뜻 보기에도 친
구 관계 그 이상이었다. 청천벽력, 아니 우천벽력이었다.

쉬즈 곤!

그렇게 그녀는 갔다. 나한테 선견지명이 있다는 사실에 놀랐
다. 어떻게 알고 그런 노래를 불렀는지. 닭 쫓던 개 두 마리는 멍
하니 그녀가 사라진 곳을 하염없이 바라만 보았다. 젊고 멋진 개
도 충격이 상당했지만 폭삭 늙은 개는 아예 삶의 의미를 잃은 듯
했다.

"빵! 빵! 빵! 빠앙!"

뒤에서 짜증섞인 클랙슨 소리가 들렸다. 저승사자는 다시 운전대에 손을 잡았다. 한참을 달리던 차는 끽, 굉음을 내며 또 급정거했다. 저승사자는 꼭 정신병자처럼 클랙슨을 빵빵, 눌러 댔다. 지나가는 사람이 힐끔힐끔 쳐다보았다.

난 간다는 말도 없이 차문을 열고 나왔다. 나오면서 가래침을 칵, 퉤, 뱉었다. 그러고는 처량맞게 '쉬즈 곤!'을 흥얼거리며 집으로 걸어갔다.

현관문 앞에 서서 비밀번호를 누르려는데, 휴대폰 진동이 느껴졌다. 엄마였다.

"어디야? 야자 끝나도 열두 번은 더 끝났을 시각인데."

"그렇게 됐어."

"아, 예. 공사가 다망하신 우리 노재광 씨. 들어오시는 길에 슈퍼에서 막걸리 좀 사 오셔요. 비 오니까 땡기네. 파전도 노릇노릇 구워 놨다. 돈은 있지?"

나는 다시 엘리베이터를 타고 내려갔다. 주머니에서 지폐를 꺼냈다. 꾸깃꾸깃한 지폐 한 장. 나와 너무도 닮아 있었다.

어느새 비는 그쳤고, 안개가 자욱했다. 슈퍼 앞에 오니 저승사자가 혼자 청승맞게 캔 맥주를 마시고 있었다. 테이블 위에 놓여 있는 찌그러진 맥주 캔 하나가 저승사자의 꼴과 흡사했다. 꾸깃꾸깃한 지폐와 찌그러진 캔 맥주. 순간 동병상련을 느꼈다.

"한잔할래?"

저승사자가 육포를 질겅질겅 씹으면서 실없는 소리를 했다. 나는 저승사자가 마시다 놓은 캔 맥주를 벌컥벌컥 마셨다. 껑, 트림이 나왔다. 나는 캔을 찌그러뜨리고 달랑 한 개 남은 육포마저 입안에 넣고 바람같이 사라졌다.

잠이 안 왔다. 이리저리 뒤척이다가 잠깐 잠이 들었다가 다시 깨서 시간을 확인하니 새벽 5시였다. 나는 자리를 털고 일어났다. 몸이 개운치가 않았다. 목도 따끔거렸고, 몸도 으슬으슬 추웠다. 몸살이 올 모양이었다. 엄마는 일 나가고 없었다. 온수로 샤워를 하고, 엄마가 끓여 놓은 찌개로 밥을 먹고, 평소보다 일찍 집을 나섰다.

세상은 샤워를 하고 수건으로 닦지 않아 더 청초해 보였다. 몸살이 올 줄 알았는데, 생각보다 몸이 가뿐한 게 영 기분 나빴다. 실연의 아픔으로 병결을 하고, 그녀 아니, '담임 선생님'의 전화를 받고도 무뚝뚝하게 대답하고, 반항도 하고, 그래야 폼나는 건데. 내 마음의 상태도 모르는 몸에 배신당한 느낌이었다.

교문에 들어서니, 수위 할아버지가 바닥에 떨어진 아카시아 꽃 더미를 빗자루로 싹싹 쓸어 쓰레기통에 비우고 있었다. 나는 그 쓰레기통에 그녀를 향했던 순정도 미련 없이 집어 던졌다.

엄마 아빠는 사랑이 식어서 별거하고 있는 게 아니었다. 내 마음이 좀 삐딱해서 그렇지 엄마 아빠의 모습은 언제나 남들의 부러움을 샀다. 엄마는 사랑하는 사람을 행복하게 해 주기 위해 자신이 힘든 걸 선택했다. 나 역시 사랑하는 사람을 행복하게 해 주고 싶지 슬프고 힘들게 하고 싶진 않았다. 어제 밤비 속에서도 그녀의 표정은 즐거워 보였다. 그럼 됐다.

그때 코끝을 스치는 향수 냄새. 고개를 들자 눈앞에 목련같이 하얀 원피스 자락을 펄럭이며, 누군가가 중앙 현관 쪽으로 사뿐사뿐 걸어가는 모습이 보였다. 아마 5월 초에 왔던 교생 중 한 명일 거라 짐작했다. 나도 모르게 교생 뒤를 따라 걸었다. 무엇에 단단히 홀린 기분이었다. 갑자기 눈알이 뻑뻑해졌다. 새 콩깍지가 씌고 있는 중이었다.

꽃샘, 그리고 봄

요즘은 학생들과 티격태격할 일이 많이 줄었다. 알다시피 체벌은 금지되었고, 두발도 거의 자율화되었다. 쌍수 들고 환영할 일이다. 하지만 학교가 도 닦는 곳도 아니고 사소한 다툼은 벌어지기 마련이다. 아이들 간에도 숱한 다툼이 있지만, 선생님과 학생 간에도 종종 그런 일은 생긴다.

몇 년 전, 수업 중 학생이 뒤로 나가더니 쓰레기통에 가래를 뱉었다. 뭐 하는 짓이냐고 하자,

"샘, 저 오늘 기분 안 좋은데요."

재작년, 지각이 잦은 녀석한테 작정하고 잔소리 좀 했더니,

"오늘 오기 싫은 거 억지로 왔단 말이에요."

작년에 축 처져 있는 학생한테 힘내라고 어깨를 툭툭 쳤더니,

"왜 때려요?"

물론 아주 가끔 있는 일이다. 예전 같으면 그냥 넘어가지 않았을 거다. 하지만 요즘은 아이들이 까칠하게 나올 때 흥분은 금물이다. 이럴 땐 도 닦는 기분으로 아이의 마음이 잔잔해질 때까지 기다려 주는 게 상책이다. 그럼 대부분은 얼굴 붉히는 일 없이 문제가 자연스럽게 해결된다.

아주아주 가끔은 입에 담기 거시기한 일이 생기기도 한다. 하지만 학교가 붕괴되고 있다는 언론의 섣부른 보도는 진실이 아니다. 참 많은 것들이 달라졌지만, 학교는 여전히 푸릇푸릇 살아 숨 쉰다. 하지만 최근 몇 년 사이 그 숨이 많이 시들해진 건 사실이다.

내가 근무하고 있는 학교 학생들은 대체로 순박하다. 그런 아이들과 한 해 동안 무엇을 하고 보냈는지 돌이켜보았다. 대입을 향해 숨 가쁘게 달려왔지만 밋밋하고 무미건조했다. 그냥 전달 사항 말해 주고, 문제풀이 위주의 수업하고, 자습 감독하고, 무단으로 지각하거나 방과후학교와 자율 학습에 빠진 애들 단속하고, 고민 상담하고, 대입 상담하고……. 체육대회는 빠졌고, 현장 학습이나 졸업여행도 가지 않았고, 함께 울고 웃던 기억이 없었다.

"쌤, 벚꽃 보러 가요, 예?"

봄에 벚꽃이 만발했을 때 반장과 부반장이 교무실을 찾아와 말한 적이 있었다. 그때 다른 반 분위기 흐리지 않을까 눈치 보느라, 함께 벚꽃 길 거닐며 봄을 만끽하지 못했던 게 무척 아쉽다. 수십 년 후 이 아이들은 고등학교 시절을 회고하면서 "그때 참 좋았는데.", "다시 돌아가고 싶다." 과연 이런 말을 할까?

　얼마 전 졸업식이 있었다. 아이들은 대체로 들떠 있었다. 가끔 웃음 속에 가려진 그늘이 보이기도 했다. 어느덧 졸업식은 끝났고, 아이들은 SNS에 올릴 기념사진을 찍기 바빴다. 졸업생들은 하나둘, 혹은 삼삼오오 혹은 우르르 떼를 지어 교문을 빠져나갔다. 발걸음이 어느 때보다 힘차 보였다. 우물 안 개구리들이 드디어 우물 밖으로 뜀박질을 시작했다. 그 자체만으로도 등을 두드려 주고 힘찬 박수를 보내고 싶었다. 모두 반짝반짝 빛나는 삶을 살길 바라 본다.
　나는 텅 빈 교실을 돌며, 휑뎅그렁한 교정을 보며 한숨을 쉬었다. 기쁨과 안도감과 슬픔과 안타까움 등등 여러 감정이 뒤죽박죽인 한숨이었다. 이제 얼마 뒤 졸업생이 떠난 자리는 신입생들로 채워질 것이다. 올해는 좀 더 숨통 트이고 푸릇푸릇한 학교가 되면 좋겠다. 학교는 매순간 꿈틀거려야 한다. 학생은 한 마리 고래이다. 선생님도 마찬가지이다. 학교라는 바다에서 둘은 한 편이 되어 펄쩍펄쩍 자맥질을 하고 힘차게 헤엄쳐야 한다. 그럼 자연스레 고래들은 춤출 것이고, 그 속에 웃음꽃과 이야기꽃이 피어날 것이고, 그 향기는 그윽해질 것이다.

《열일곱, 최소한의 자존심》에 실린 다섯 편의 이야기는 지금 여기, 청소년들의 이야기이다. 소설 속 주인공들은 하나같이 결핍과 상처가 있다. 사실 누구나 그렇다. 하지만 요즘 시대에는 어쩐지 더 절망적으로 다가온다. 낭떠러지에 간신히 버티고 서 있는 아이들에게 무턱대고 긍정적이고 밝은 미래를 이야기해 줄 순 없지만, 자신에 대한 믿음이 있는 한 결코 꺼지지 않을 한 줄기 빛이 있음을 전하고 싶었다.

이제 꽃샘추위가 지나면 눈부신 봄이 올 것이다. 학교 뒷산에 진달래꽃이 흐드러지고, 교정에 하얀 목련이 피어나고, 산수유는 노란 폭죽을 터뜨릴 것이다. 그때 실바람이 살랑 불어와 살갗을 간질이면, 이번엔 망설이지 말고 아이들과 함께 봄나들이 가고 싶다. 봄바람 쐬고 봄 햇살 쐬고 돌아오면 공부도 더 잘될 테니까.

청소년과 한 빛깔을 한 푸른숲주니어 식구들에게 고마움을 전한다. 특히 세 권의 책을 함께 작업한 박현숙 과장님, 좋은 인연 계속 이어지기를. 마지막으로, 이 책을 읽는 독자들의 가슴이 뭉근하게 덥혀지길 욕심 부려 본다.

정 연 철

열일곱, 최소한의 자존심

첫판 1쇄 펴낸날 2016년 2월 26일
3쇄 펴낸날 2016년 4월 26일

지은이 정연철
발행인 김혜경 **편집인** 김수진
주니어 본부장 박창희
책임편집 박현숙 **편집** 김성은 진원지
디자인 전윤정 **마케팅** 정주열
경영지원국장 안정숙
회계 임옥희 양여진 김주연

펴낸곳 (주)도서출판 푸른숲
출판등록 2002년 7월 5일 제 406-2003-032호
주소 경기도 파주시 회동길 57-9 파주출판도시 푸른숲 빌딩, 우편번호 10881
전화 031) 955-1410 **팩스** 031) 955-1405
홈페이지 www.prunsoop.co.kr **이메일** psoopjr@prunsoop.co.kr

ⓒ 정연철, 2016
ISBN 979-11-5675-087-1 44810
　　　978-89-7184-419-9 (세트)

푸른숲주니어는 푸른숲의 유아·어린이·청소년 책 브랜드입니다.

* 잘못된 책은 구입하신 서점에서 바꾸어 드립니다.
* 본서의 반품 기한은 2021년 4월 30일까지입니다.

이 도서의 국립중앙도서관 출판시도서목록(CIP)은 e-CIP 홈페이지(http://seoji.nl.go.kr)와 국가자료
공동목록시스템(http://www.nl.go.kr/kolisnet)에서 이용하실 수 있습니다.(CIP제어번호 : CIP2016004447)